CABINET LITTÉRAIRE,

COLLECTION UNIVERSELLE DES MEILLEURS ROMANS MODERNES.

OEUVRES COMPLÈTES

DU

BIBLIOPHILE JACOB.

TOME VII.

—⊷⊷⊷—

LES DEUX FOUS.

III.

LES

DEUX FOUS,

HISTOIRE

DU TEMPS DE FRANÇOIS Ier.

PAR

P. L. JACOB,

BIBLIOPHILE.

Livres nouveaulx, livres vielz et antiques.
ESTIENNE DOLET.

TOME TROISIÈME.

PARIS,

GUSTAVE BARBA,

ÉDITEUR DU CABINET LITTÉRAIRE,

COLLECTION UNIVERSELLE DES MEILLEURS ROMANS MODERNES,

RUE MAZARINE, N° 34.

1838.

LES DEUX FOUS.

LES DEUX FOUS.

LES DEUX FOUS.

VII.

Ces beaulx rivaulx qui se rencontrent,
Leur grand'valeur ensemble monstrent :
L'un est gualant, bien attourné ;
L'aultre plus gent, si moins bien né ;
L'un est roy régnant non indigne,
Et l'aultre de couronne est digne.

LES RIVAULX D'AMOUR.

Agrippa oublia la dignité solennelle de
sa démarche ordinaire, et s'essouffla pour
suivre Gaillette, qui allait en avant au pas
de course.

— Mon fils, lui cria-t-il lorsqu'il fut près
de le rejoindre, où donc t'en vas-tu de si
belle ardeur ? aveugle entêté, garde de choir
par la voie, en marchant ainsi hasardeuse-
ment, faute de bâton et de conducteur !

O le plus vain des jeunes hommes, sois
mieux écoutant les paraboles du vieil âge :
c'est Jésus en l'Évangile !

Caillette s'arrêta tristement sans tourner
la tête, et se laissa entraîner sous une
tonnelle de lierre qui couvrait d'une verdure
sombre un coin du vieux jardin planté par
Charles v.

Malgré la neige floconneuse qu'un vent
froid balayait dans les airs, Agrippa fit
asseoir son élève sur un banc moussu, et lui
apprit les circonstances qui avaient amené
Diane de Poitiers dans la tour de Dédalus.
Caillette, gardant un silence mélancolique,
accueillit chacune de ces révélations comme
un nouveau coup de poignard ; car il pré-
voyait les suites inévitables d'une rencontre
où la beauté de Diane avait fait une telle
impression sur le roi : la douleur parut un
moment l'anéantir.

— Par l'ange Gabriel ! s'écria-t-il avec un
soupir déchirant, elle sauvera monsieur son
père ! partant sera-t-elle moult contente !
Après quoi mourir me faut !

— Raca ! répondit aigrement Agrippa,

est-il sage de jeter ainsi le manche avec la
cognée? Avisons au plus expédient et au
plus pressant.

Caillette avait l'air de ne rien entendre;
et, les yeux fixes, le cou penché, il gémissait profondément. Agrippa traçait avec sa
baguette des caractères hébreux sur le
sable; puis, adoucissant sa voix, qui avait
été grave et presque sévère dans cette con-
férence, il prescrivit à son ami la conduite
à tenir vis-à-vis le roi, pour ne pas se
compromettre, et en même temps pour
servir les intérêts de Diane de Poitiers, qui
allait solliciter la grace de son père.

— Ainsi ferez, mon Caillette, si tendez
à bien : par là vous engarderez de malen-
contre celle qui s'est rangée dessous votre
égide; mais, au contraire, sa chance étant
plus forte que votre bon vouloir (lequel cas
peut advenir), malgré tout, vous n'aurez en
l'ame regret ni remords d'avoir honnête-
ment agi.

— Mon père, reprit mélancoliquement
Caillette, je puis m'accomparer à l'arc-en-
ciel que le soleil peint de ses couleurs ra-

dieuses, et qui, faute de soleil, s'efface
non plus que s'il n'eût jamais été.

— Voilà une grande amitié et dévoûment
insigne! c'est-à-dire que mourrez, si meurt
le sieur de Saint-Vallier, votre patron?

— Certes, et auparavant. Çà, les astres
nous montrent-ils une face propice?

— Fi! maître ès-billevesées! cent et cent
fois vous ai-je répété que les sciences sont
plus légères qu'un fétu, et davantage les
occultes! L'unique chose vraie et solide
qui soit ci-bas, c'est la religion catholique,
issue de la juive, laquelle issit de la chal-
déenne, laquelle de l'égyptienne, laquelle...

— Faut-il vous ramentevoir que sa majesté vous fit mander à cette heure, et
qu'il me tarde de juger l'effet de vos bons
conseils?

— *Elohïm!* n'y croyez point, mon fils,
de peur d'errer; aussi bien, ce qui vient
de l'homme est faux et vain de sa nature.

Caillette, sans écouter les contradictions
de la philosophie douteuse d'Agrippa, se
leva du banc où le docteur était assis, et
s'achemina rapidement du côté de Dédalus;

mais, arrivé le premier à la porte du Labyrinthe; des archers écossais de la garde
du roi lui fermèrent le passage, inflexibles
à ses menaces comme à ses promesses, et
ne lui répondant que par une résistance
silencieuse; Corneille Agrippa, qui accou-
rait tout essoufflé, joignit inutilement ses
représentations et ses prières à celles de
Caillette.

— Monsieur le bonnet à la marabaise,
dit au médecin le chef des archers, vous
seul entrerez céans, selon les ordres royaux;
et le roi, notre sire, fût-il en trois personnes de même que la très sainte Trinité,
ne sais laquelle des trois aurait le droit de
passage.

— Corbieu! s'écria Caillette, j'entrerai,
plus malaisément toutefois que mon épée
en vos tripes et boyaux!

— *Kuff, sade, samech, caph!* interrompit
Agrippa voyant briller les éclairs des pertuisanes dirigées vers la poitrine de son obstiné compagnon. Désistez-vous de danser
la danse des morts! Caillette, mon mignon,
patiente un peu, en tant que j'aille annoncer

au roi ta venue et déclore l'huis de Dédalus! Vous, soudoyers de la Bouteille, portez respect à ce jeune gars, sinon je vous
baillerai en pâture à Monsieur mon grand
chien noir.

Les archers, tremblans et muets, se si-
gnèrent, pensant déjà voir survenir le terrible chien noir ; puis, déposant toute
humeur martiale, ils relevèrent leurs pertuisanes et saluèrent humblement le docteur, qui passa sans les regarder, et disparut dans les allées d'arbres toujours verts,
tandis que Caillette, l'oreille aux aguets,
restait appuyé contre la clôture extérieure
du Labyrinthe.

— Foi de gentilhomme! dit de loin une
voix hautaine, que les gardes reconnurent
pour celle du roi, monsieur l'astrologue,
êtes-vous obéissant à Satanas plus qu'à
moi? il m'ennuie de vous attendre au gré
de votre bon plaisir; et voici que j'allais
moi-même quérir, au lieu de vous, un de
mes médecins, soit le docteur Akakia, soit
M. Braillon, soit M. Lecoq, soit quelque
autre plus docile et non moins docte.

— Sire, reprit Agrippa, ni le docteur Akakia, ni M. Braillon, ni M. Lecoq, ni autre, ne découvriraient ce que mon art m'a clairement manifesté.

— Quoi? demanda François Ier avec une inquiète curiosité.

— Ordonnez d'abord que Caillette soit admis en cette enceinte, et lors connaîtrez un mystère qui grandement vous étonnera.

— Bien; mon gentil Caillette soit toujours le bien-venu, et puisse sa présence me sortir de la peine que j'éprouve en ne le voyant pas!

François Ier, s'étant avancé jusqu'à la porte qu'Agrippa lui désignait de la main, aperçut Caillette immobile à la même place, et l'appela par son nom; Caillette n'eut pas plus tôt entendu la voix de son maître, qu'il s'élança impétueusement, heurta le roi en passant, renversa deux archers qui voulaient le retenir, fit quelques pas dans le Labyrinthe, et s'arrêta tout d'un coup devant Corneille Agrippa, qui sembla le fasciner du regard.

—Holà! s'écria en riant François Ier, il

est donc devenu vrai fol au contact des habits qu'il porte?

— Caillette, lui dit d'un ton de reproche Agrippa, qui lui toucha la joue avec l'index, faites-vous si médiocre cas de mes admonitions? où sont vos grands sermens d'être sage et idoine à mes préceptes?

— Maître, répondit-il à demi-voix, je suis comme fiévreux en délire; mais cette fantaisie s'évanouira sitôt qu'aurai contemplé en face ma dame et souveraine.

— Caillette, dit le roi, qui le conduisait avec le docteur derrière un rideau de pins, par ma foi! je serais fâché que tu prisses tes degrés en folie : or faut-il te précautionner d'une médecine d'ellébore d'Anticyre?

— Que commande Ovide *in Arte amandi?* interrompit malicieusement l'astrologue, qui se plut à embarrasser Caillette.

— Çà, compère, reprit le roi n'osant avouer qu'il n'avait rien compris à ces mots latins, quand jouirons-nous des merveilleuses choses que votre art excellent a su abstraire et quintessencier?

— Sire, repartit Agrippa, qui se redressa et prit un air capable, peu importe-t-il, si j'en fus informé par nécromancie, ou anthropomancie, ou léconomancie, ou gastromancie, ou captromancie, ou onimancie, ou hydromancie, ou géomancie, ou pyromancie, ou aréomancie, ou ichthyomancie, ou cæréomancie, ou chiromancie, ou botanomancie...

— Fût-ce par diablerie! ce m'est tout un, dit François Ier impatienté de cette obscure énumération; mais, au fait, et tôt! ce verbiage *à baroco* sera bien calefreté en un livre; toutefois de bouche parlons français.

— Je vous approuve, sire; car de ces vaines façons d'augures, tout ainsi que d'une vessie enflée, il ne sort que vent, et le plus philosophe se rit de ces vanités et présomptions de l'esprit humain.

— Foi de gentilhomme! tenez-vous céans chaire de rhétorique, et pensez-vous être encore à Dôle, où vous dépensiez trop de salive pour démontrer que madame sainte Anne, mère de la très sainte Vierge, eut seulement un mari et une fille, plutôt que trois enfans de trois maris?

— Voilà le mystère : du premier coup que je vis cette belle dame que vous aimez devant que de la connaître, je regardai au miroir magique pour en savoir davantage...

— Eh bien! méchant, pourquoi me celer ce qui tant m'intéresse? Vite, dis-moi ce que tu as appris sur ce plaisant sujet?

— Sire, ayant d'aventure rencontré Caillette, sorti des prisons du Châtelet, j'ai voulu qu'il confirmât la vérité de mon dire.

— Pour Dieu! parle et viens au fait! foin des ambages et détours!

— Sire, sachez que celle-là que de nuit avez trouvée gisante en la place de Grève n'est autre que madame Diane de Poitiers, épouse de M. de Brézé, grand-sénéchal de Normandie, et fille du bon seigneur de Saint-Vallier!

— O mauvais sort! mon amie est élue entre mes ennemis! Hélas, pauvre fille, dont le père sera mis à mort! ah! pauvre

amoureux, qui causera telle peine à sa
dame!

— Ne cuidez point, sire, que je fus mal
informé : les bons ou mauvais anges m'ont
baillé cette nouvelle, d'une ou d'autre
sorte, et en témoignage de quoi j'interroge
Caillette, vous présent; et le somme de répondre tout net sur ces choses?

— Dea! répliqua François Ier avec un coup
d'œil de défiance jeté sur l'astrologue : depuis quand maître Caillette connaît-il celle
que tient la tour de Dédalus, et que nul
n'a vue, fors moi, Triboulet et vous, seigneur Agrippa?

— Sire, dit Caillette, je la connais bien
d'enfance, et fus institué aux bonnes lettres et sciences dans le propre château de
Saint-Vallier, en Dauphiné.

— Voire, mon petit, je te porte envie!
s'écria le roi en soupirant. Mais qui t'a
conté, sinon messire Agrippa, qui a plus
de langue que de sagesse, comment madame
de Brézé vint en ma sauvegarde?

— *Reschithagallalim!* répondit vivement

Agrippa; de tout ceci, je n'ignore un dé-
tail, et vous en conterais le menu, sans
omission aucune, tel que l'a rapporté mon
démon familier; mais toutefois, arrière ces
vanités! Caillette peut vous faire le récit qui
le concerne.

— Sire, continua Caillette, c'est moi-
même qui amenai madame Diane de son château d'Anet à Paris, et pour ce faire, j'ai
failli aux devoirs de mon office, en allant
sans votre permission hors de la demeure
royale.

— Vraibis! je te pardonne cette grosse
désobéissance; te prie, en revanche, de
ruer bas ta colère à l'encontre de Triboulet.

— Certes, à votre requête, mon cher
sire, je dois remettre à ce méchant la peine
de son injure; mais, quant à l'aimer fra-
ternellement ce serait vertu de cafard, et
aussi m'en excuse.

— Or çà, mon fils, énumère les causes
qui te firent mener cette belle au supplice de
monsieur son père?

— Sire, dit l'astrologue pour donner à
Caillette le temps de préparer sa réponse,

en toutes choses est un premier principe,
première intelligence, première essence :
dans le monde archétype, il y a Jod, dans
le monde intelligent, *anima mundi*; dans le
monde céleste, le soleil; dans le monde des
élémens, la pierre philosophale; dans le
monde humain, le cœur, dans le monde
infernal, Lucifer...

— L'angine serre la gorge au rêvasseux!
s'écria François Ier, qui lui mit la main sur
la bouche afin de le faire taire : ce savant
universel ne sait répondre à son écho!

— Sire, reprit Caillette, n'abusez pas
de mon franc-parler, et plutôt aidez-moi à
sortir de cet ennui et mésaventure. Je vous
ai dit comme, depuis mon enfance, j'ho-
nore et révère monseigneur de Saint-Vallier,
et pareillement madame sa fille; or, voyant
que ce trop malheureux vieillard serait condamné et mis à mort, sans que madame
Diane en eût avis, je délibérai partir seul
et à l'emblée, ce que je fis en votre absence.
Arrivé au château d'Anet, je sollicitai ma-
dite dame de tout employer afin de secourir
son noble père : elle osa donc en ma com-

pagnie venir à Paris, où séjourne M. de
Brézé, son tyrannique époux; car elle sou-
haitait, malgré que vous fussiez à Blois,
invoquer votre merci à deux genoux...

— Foi de gentilhomme! mon ami, c'est
à moi qu'il appartient de la prier, à deux
genoux, d'amoureuse merci. Finalement,
d'où résulta le bel abandon de cette déesse?

— Sans doute, elle s'enfuit à la désespé-
rade du logis qui la tenait; et, durant qu'aux
prisons du Châtelet j'étais maugréant ma
piteuse destinée, elle vaguait par les rues,
en souci de M. de Saint-Vallier, jusqu'à ce
que, de peur, d'effroi où d'angoisse, elle
chut toute pâmée en la place de Grève.

— C'est ainsi que je la rencontrai, et
n'eût été mon secours qui lui vint à propos,
elle dormirait d'un somme éternel.

— Par les chérubins, trônes et domina-
tions! s'écria Corneille Agrippa, je sais quel
breuvage de mon apothicairerie la garda de
mort assurée... Nonobstant, je dois con-
fesser philosophalement la vanité de la médecine entre toutes sciences.

— Sire, dit Caillette, vous avez généreusement agi, conservant la vie à madame Diane de Poitiers; mais, à mon avis d'à-présent qu'elle a repris ses sens, ou peu s'en faut, ne la retenez plus long-temps en captivité, et ne l'empêchez de travailler à la délivrance de son pauvre père.

— Tête de fol! veux-tu pas qu'à si gentil oiseau je fasse vider sa cage? Quant à ce qui est du bonhomme Saint-Vallier, je suis bien aise qu'elle s'intrigue à l'absoudre : ce que je consentirais volontiers, n'était un fort et inviolable serment devant la croix de Jésus-Christ.

— Ah! sire, ayez à mes paroles égard : cette dame a senti bien grand effroi de s'éveiller en votre maison inconnue; faites qu'elle soit ailleurs transportée, ou, autrement, veuillez que de tout je l'avertisse?

— Nenni, mon cher fol; je te sais un gré infini d'avoir par leurre attiré en mes filets cette féminine proie, et tu en seras royalement guerdonné. Ainsi ne suffit d'aimer sans être aimé, et, à cette fin, n'épargnerai-je rien, dût-il m'en coûter une part de ma couronne. Je compte qu'en loyal servi-

III. 1.

teur tu t'efforceras de faire que l'aimable
Dianne sente le même dard de Cupido et
m'estime un petit à cause de mon grand
amour.

— Sire, répliqua Caillette, offensé du
rôle qu'on attendait de lui, ce vilain emploi
n'est point mon fait, et, sur ce point,
n'envierai-je onc Triboulet : c'est son profit
que ce tripot galant; mais, pour ma vie, je
ne voudrais violenter le cœur d'aucune, et
davantage celui de madame Diane.

— Assurément, je t'approuve, mon fils,
et n'ordonnerais de toi rien qui te fît rougir;
mais pense qu'en cette occasion j'entends
que mes dignités et titre de roi soient mis
sous le boisseau, et, pour lors, serai M. de
Valois, sans plus, par-devant cette chère
dame. Or donc promets de n'éclaircir point
le mystère, et je te préférerai à ton frère
Triboulet, en sorte que tu resteras au service d'icelle.

— Certes, pour or ni pour argent, je ne
quitterais cet honneur; c'est pourquoi votre
feinte n'encourt nul risque de ma discré-
tion; mais...

— *Sched barschemoth schartacham !* interrompit Agrippa, qui craignait une nouvelle imprudence de son élève; j'ai ouï un aboiement de Monsieur mon chien noir, et l'heure approche où la dame de Brézé va s'éveiller en sursaut.

— Çà, messieurs, je marche devant, dit François Ier; voyez à me suivre au plus près!

Pendant que le roi, impatient de recueillir les premiers regards de Diane, s'empressait d'arriver à la tour de Dédalus, Agrippa gourmandait la faiblesse de Caillette, qui avait profité si mal des instructions qu'on lui avait données; mais Caillette, sans répondre à ces justes et amicales réprimandes, s'appuya contre un tronc d'arbre, et commença des lamentations qu'il accompagnait de larmes abondantes :

— Dieu! suis-je pas le plus misérable des hommes! A quoi bon vivre, pour de mille morts mourir? O ma dame et maîtresse! ô Diane! pourquoi suis-je fol en titre d'office? Pourquoi est-il roi? Mon père se pendit pour ce qu'il n'était point assez fol : ainsi ferai-je pour l'être trop!

— *Melcha betarsisim hodbernah, schenha-kim!* répondit Agrippa; est-ce d'un homme ou d'un enfant, cette lâche douleur? Vraiment, mon bien-aimé fils, je puis te reconforter par une bonne assurance que M. de Saint-Vallier n'aura de mal que la peur...

— Sur mon ame! maître, le roi y est allé!

A ces mots, Caillette, dont les idées avaient changé de cours, s'élança sur les traces de François Ier, qu'il eut bientôt rejoint, et Corneille Agrippa les suivit à distance, sans doubler le pas, en faisant une moue plus maussade qu'à l'ordinaire.

Le roi, entrant dans la salle basse de la tour, ne prit pas garde aux caresses que dame Malon prodiguait à Triboulet, tous deux assis près du chauffe-doux; il monta l'escalier à vis, dont les degrés de bois gémissaient sous lui, et, précédant Caillette, dont tous les mouvemens semblaient réglés sur les siens, il se trouva sur l'étroit palier de la chambre où reposait Diane; mais la porte était fermée à double tour, et la clé hors de la serrure.

— Par le saint nom...! murmura François Ier; foi de gentilhomme! veux-je dire : le diable ou Agrippa, pour me nuire, inventa de clore cette porte.

— Sire, reprit Caillette, madame Diane de Poitiers est-elle dormant au dedans?

— Oui-da; mais, suivant le propos de messire l'astrologue, elle serait bien éveillée à cette heure.

— Alors, faute de clé, je vais forcer la porte; aussi bien Diana pourrait expirer d'épouvante de se voir enfermée ici.

Caillette ne donna pas au roi le loisir de répondre, et, d'un vigoureux coup d'épaule, jetant la porte à demi brisée hors des gonds, il se précipita le premier dans la chambre.

Diane s'éveilla en criant au bruit; elle se leva sur son séant, ouvrit des yeux tout grands de peur, et ne fut pas entièrement rassurée à l'apparition de Caillette, qui, d'un seul bond, vint tomber à genoux au chevet du lit.

— Madame, disait-il avec expansion, vous cuidant perdue, j'appelais la douce mort, et n'espérais vous retrouver au lieu où vous êtes!

— Mon petit Caillette, disait Diane en cherchant à se rassurer, j'ai songé longuement, m'est avis, et le réveil n'a pas tout effacé lesdits songes.

— Ma chère dame, le Seigneur Dieu vous a rangée sous ma conduite; si quelque encombre vous fût advenu, comme je me serais puni de ma négligence!

— Et monseigneur mon père? en avez nouvelles quelconques? l'arrêt fut-il prononcé? A quand verrai-je M. de Saint-Vallier?

— Madame, dit François 1er, qui prit la parole pour faire acte de présence, disposez, à plaisir, de ce logis et de vos serviteurs indignes.

— Merci de moi! répliqua-t-elle, tout émue d'avoir rencontré les regards ardens de l'inconnu, Caillette, en quel endroit suis-je présentement? quel est ce beau seigneur?

— Madame, reprit le roi allant au-devant des questions, ne soyez ébahie de ce que

vous voyez et entendez : il vous souvient
peut-être que de nuit avez erré par les rues
et places, au point d'y choir en pâmoison ?

— Oui, voici que j'en ai quelque remembrance : j'étais fort en peine de monseigneur mon père, qu'on devait mettre à la
question, et je sortis de la maison où j'avais
domicile, pour m'efforcer de le voir, aussi
pour voir le roi et lui crier grace... puis il
ne me souvient du demeurant.

— Eh bien ! vous gisiez dessus le pavé,
sans pouls ni voix, lorsque je vous rencontrai devers la minuit, et je vous fis porter
quasi morte en mon hôtel des faubourgs,
avant de connaître encore quelle vous étiez ;
ains je l'appris bientôt après de Caillette,
mon ami qui ne fut pas plus aise que moi de
vous savoir saine et sauve.

— C'est insigne charité, monseigneur ; et,
d'avance, je me fais garante de la reconnais-
sance de mon père, qui est le seigneur de
Saint-Vallier, et de M. de Brézé, comte de
Maulevrier, grand-sénéchal de Normandie...

— Oh ! madame, ajouta Caillette avec
amertume ; attendez pour les remercîmens,

et M. de Valois taxera le prix de ces servi-
ces, qui lui fructifieront au centuple!

— Monseigneur a nom M. de Valois? reprit Diane en souriant, tandis que le roi menaçait Caillette par un froncement de sour-
cil; cette chambre tant richement ornée
annonce un seigneur des plus hauts de la
cour; néanmoins je n'ai ouï parler d'aucun
portant le nom de Valois depuis que le comte
d'Angoulême, qui était duc de Valois, devint
roi de France.

— Madame, objecta Caillette, M. de Valois, ci-présent, issu de cette même famille,
est, ce dit-on, un des proches amis du roi
régnant.

— En tel cas, s'écria Diane, je reprends
espoir de sauver monsieur mon honoré père!

— Hélas! madame, répondit François Ier

Tout-à-coup parut Corneille Agrippa,
qui, le visage renfrogné, les lèvres pâles
de colère, les mains cachées sous les plis
de sa robe, fit trois pas dans la chambre,
et proféra d'un accent sépulcral cette im-
précation en hébreu :

— *Taphthartharat!*

— O mon seigneur Dieu! s'écria Diane, effrayée de la singulière figure d'Agrippa, qui est-ce? Il me semble avoir vu ce personnage autre part : on cuiderait Minos, juge des enfers!

— N'ayez crainte, ma chère dame, reprit le roi, qui s'empressa de la rassurer : c'est le non trop célèbre médecin, docteur en droit, astrologue, Corneille Agrippa, de Nettesheym. Son art soit béni, puisqu'il a pris cure de votre inappréciable santé!

— *Nachiel sorath!* répliqua celui-ci, dont la moue augmentait à vue d'œil; soit astrologue ou médecin qui voudra! j'estime l'astrologie autant que la médecine, et toutes deux moins que rien : il en est comme des neiges de l'autre an. Mais toutefois je me plains à raison de ce que, malgré mes ordonnances, madame fut éveillée avant que je vinsse, et ce, en péril d'apoplexie, épilepsie, folie et mort subite.

— Sur ta tête à poils roux! se récria le roi, si pareil accident avait lieu, maître sorcier, tu serais vitement mis en charbons et cendre, foi de gentilhomme!

— Monseigneur, dit Diane avec un sourire propre à désarmer le plus terrible courroux, ne rancunez pas cet illustre docteur,
qui tantôt me guérit par la puissance de sa
panacée, lorsque je cuidais rendre l'ame.

— Je jure ma vie, belle dame, se récria
François Ier, qui oubliait Agrippa pour contempler Diane avec amour, qu'il n'est et ne
peut être divinité féminine plus digne d'a-
doration!

— Monsieur, répondit Diane rougissant
de modestie, si vous avez l'heur de voir en
face le roi notre sire, puisse-t-il octroyer à
une fille désolée la grace de visiter son père
en prison! l'espoir me persuade que j'ob-
tiendrai cette insigne faveur par vous mieux
que je ne pourrais faire par moi-même?

— Certes, madame, vous auriez en vos
yeux seuls force et autorité contre empereur
et roi. Je ne m'oppose aucunement à ce
que vous alliez auprès de monsieur de
Saint-Vallier.

— Oui-da, monseigneur, je vous en serai
moult obligée, tant que vivrai; mais le plus
tôt est le plus nécessaire; et, si point ne

l'accole, je sens que mon esprit s'en va hors
de mon corps ; car cejourd'hui on le juge
à mort...

— Mensonges que cela ! répondit le roi,
qui pâlit et rougit tour-à-tour de trouble et
de dépit en regardant Caillette ; je voudrais,
pour un peu, savoir qui vous instruisit à
faux, et je remontrerais à ce baveur comme
quoi langue éventée vaut oreilles coupées.

Caillette, à qui s'adressait cette menace,
l'écouta sans baisser les yeux, et les traits
paisibles de son visage ne témoignèrent pas
la plus légère émotion.

En même temps Triboulet, annonçant au
son de grelots qu'il avait repris son costume
de fou, entra d'un pas sautillant, fit une ca-
briole grotesque, et agita sa marotte comme
un sceptre ; ensuite il se dirigea vers François 1er, et lui dit à voix basse que les princes,
ducs et pairs étaient réunis pour l'accompagner au lit de justice. Le roi répondit à
cette nouvelle par un geste d'impatience.

— Vrai ! s'écria Diane avec un naïf enfan-
tillage mélangé de coquetterie, n'est-ce point
à un frère de Caillette, j'entends un fol en

titre d'office royal, vêtu d'habits de cérémonie?

— Vous l'entendez bien, ma princesse,
dit le roi; et, si ces attributs de folie ne
vous déplaisent, j'ordonnerai que Caillette
s'en aille revêtir la livrée de sa charge.

— N'en faites rien, monsieur mon maître, reprit Caillette du ton de la prière; mon
bel accoutrement est tant gâté de trous et
de taches, que j'aurais vergogne de le porter devant madame de Poitiers, de laquelle
je suis serviteur d'enfance.

— Oui, mon petit ami, continua Diane;
ce que j'en disais n'était que par ris, et
sais-je bien qu'il vous en coûte d'être ac-
commodé de la sorte : or je me suis main-
tefois repentie de vous avoir sollicité d'entrer au service du roi....

— Çà, madame, interrompit François Ier,
vous souvient-il d'avoir jamais vu le roi, qui
ne vous vit nulle part, certainement, avant
ce jour?

— Oui et non, répondrai-je; car, lorsque
ce bon sire fut parrain du fils de monseigneur de Bourbon, je séjournai à Moulins

durant le triomphe des fêtes, et M. de Brézé,
mon époux, fit de telle façon que je n'ap-
prochai de la personne du roi et ne le vis
que de loin au baptême; à peine ai-je dis-
cerné sa gracieuse physionomie, qui ressem-
blait un tantinet à la vôtre, m'est avis.

— Foi de gentilhomme! le roi, s'il vous
voyait aurait honte au cœur de ne vous
avoir remarquée en cette foule, où vous étiez
sans doute plus étincelante que Luna parmi
les étoiles. La faute en fut à ce jaloux de
Brézé, qui voulait vous céler à tous les regards, et vous ôter l'honneur d'être la plus
belle....

— En temps que ce propos dure à ma
plaisance, s'écria-t-elle tout-à-coup chan-
geant de ton et de couleur, mon pauvre père
subit la question ordinaire et extraordinaire!

— Ce ne sera point, foi de gentilhomme!
dit le roi, qui se répondait à lui-même, et
qui retint doucement Diane déjà levée pour
sortir. Mais demeurez en ce logis, lequel est
plus vôtre que mien, afin de rasseoir vos
esprits tout émus.

— *Hochma binach!* ajouta doctoralement

Agrippa, qui avait consulté le pouls de Diane ; madame, je veux être un cerf sans cornes ou un chien sans queue si vous n'avez les fièvres quartaines : donc ne vous levez hors du lit, et buvez de la tisane à force.

— Messire, reprit-elle avec fermeté, la Faculté entière ne parviendrait à vaincre l'idée qui me tient de voir mon cher père ; et, pour ce faire, rien ne me semblera trop chaud ni trop pesant : j'emploierai argent, prières, pleurs et cris ; cette vue bienheurée sera plus profitable à ma santé et longue vie que drogues et juleps ; partant il me peine fort d'attendre.

— Aussi, vous n'attendrez guère, madame, répliqua respectueusement François Ier, et le roi n'aura garde, je vous affie, d'affliger d'un refus celle qu'il souhaiterait contenter à tout prix. Je vous prie de rester en ce séjour, par vous seule habité, auquel vous commanderez ainsi et plus droitement qu'en votre château d'Anet.

— Oui bien, et merci vous dis, monseigneur : cette demeure m'agrée mieux que la maison du greffier-criminel, ce maître ivrogne qui de sa main écrivit la sentence de mon pauvre père; ains ici aurais-je aucune femme pour compagnie?...

— J'y ai songé par avance, très chère dame, et voici la gouvernante de ma propre sœur, qui réside présentement en ses terres de Valois. Damoiselle Nicole vous servira en toute affection.

La greffière, qui avait eu le temps de renouveler ses charmes par tous les mystères d'une toilette recherchée, parut dans la chambre; sa beauté fardée et sa coquetterie eurent tout à perdre d'une comparaison avec l'éclatante et naïve beauté de Diane. Néanmoins elle considéra en souriant de dépit cette rivale préférée, comme pour découvrir en elle quelques défauts; mais un regard sévère du roi fit à ce sourire ironique succéder un air prévenant et soumis.

— Damoiselle Nicole, lui dit-il, aimez et servez madame comme si elle était ma sœur. Enfin, plaisant à elle, vous me plairez par là et sur toutes choses.

— Monseigneur, reprit Diane timidement, point ne mérite les soins que je vous

cause, et, malgré le plaisir que l'on sent à
votre entretien, j'ai regret au temps perdu
sans voir monsieur mon père, duquel l'arrêt
est iniquement prononcé.

— Dieu vous gard, ma chère dame! je
m'en vais conter votre cas au roi, qui n'y
sera moins intéressé que moi-même, je
vous jure. Viens çà, Caillette, et toi, Triboulet!

— Oh! monseigneur, s'écria Diane, ne
séparez de ma personne mon ancien serviteur Caillette, lequel j'envie au roi, tant il
est aimable, complaisant et accompli de
tout point.

— Foi de gentilhomme, reprit Fran-
çois Ier, je n'avais jusqu'alors désiré la fortune de messire le fol!

Caillette, retiré dans le coin le plus obscur de la salle, et appuyé contre un meuble
incrusté de nâcre et de coquillages, regardait fixement Diane, et paraissait étranger
à ce qui se passait autour de lui. Il ne bougea pas à l'appel du roi, comme s'il n'eût
rien entendu dans la muette et mélancolique
contemplation dont il s'enivrait.

Mais les paroles de Diane l'avaient frappé dans l'ame, et deux larmes furtives débordaient de ses paupières ainsi que d'un vase trop plein ; il tressaillit et courut mettre un genou en terre devant Diane, qui lui tendit la main avec un sourire caressant : il faillit mourir de joie en approchant de sa bouche brûlante cette blanche main qu'on lui offrait à baiser.

— Monseigneur, dit-elle au roi en rougissant des transports de Caillette, qu'elle n'avait pourtant pas compris ; ne vous étonnez de cette grande amitié : elle est de même âge que nous sommes.

— Plaise à Dieu ! dit François Ier, qui avait rougi de surprise et de dépit ; je cuidais que vous vouliez armer Caillette votre chevalier !

Celui-ci se releva lentement et en silence, lança au roi un regard de reproche, et recommença de contempler Diane avec une tendre mélancolie. François Ier salua encore une fois sa belle captive, et, la confiant, bien à regret, aux soins réunis de Corneille Agrippa, de dame Malon et de Caillette,

il redescendit en soupirant dans la salle
basse, suivi de ses deux bouffons, qui n'a-
vaient de commun entre eux qu'une haine
irréconciliable l'un pour l'autre.

— Caillette, dit le roi en retroussant la
pointe de sa barbe, je te laisse la charge de
garder madame Diane la belle : tu seras maître
suprême en tout Dédalus, et j'entends qu'un
chacun soit soumis à tes commandemens.

— Sire, reprit avec aigreur Triboulet, ce
matin vous me parlâtes de même sorte en
me remettant semblable charge : or il m'importe de savoir si j'ai forfait, que vous m'ôtez
la poire de la main et le morceau du bec.

— A quelles fins, sire, répliqua Caillette, m'octroyez-vous le gouvernement du
Labyrinthe, que nul ne fréquente, sinon
l'ame de feu Jacques Coctier, médecin du
roi Louis onzième?

— Foi de gentilhomme! s'écria François Ier, quand l'oiselet entre dans la cage,
n'est-ce pas raison de clore l'issue, afin
qu'il ne s'envole? ainsi faut-il que ce gentil oiseau féminin soit encagé et serré de si
étroite façon qu'il ne se puisse enfuir.

— Dieu vous entende sire ! N'est-il pas
mieux d'avertir monsieur le grand-sénéchal de Normandie que madame son épouse
est arrivée ?

— Au diable l'avis et l'avertisseur ! Non,
mon fils ; je suis si plein d'aise de posséder
cette dame, que pour une part de mon
royaume ne voudrais la rendre telle que
l'ai prise ! J'ai toute confiance en toi, qui
la connais dès avant son fâcheux mariage : je
te prie donc de t'efforcer à ce qu'elle m'aime
sous le déguisement de M. de Valois.

— Sire, répondit Triboulet en se ca-
chant presque derrière le roi comme dans
un fort, est-il d'un fol ou d'un sage de fier
son or aux voleurs, sa vie aux tueurs et sa
femme aux ravisseurs ?

— Impudent bouffon ! cria Caillette, qui
le menaça du poing, garde que d'un seul
coup je ne solde tous tes comptes, vieux et
nouveaux !

— Foi de gentilhomme ! interrompit Fran-
çois Ier en riant, quelle ardeur martiale vous
tient l'un et l'autre ? Or çà, on m'a conté, Cail-

lette, que tantôt tu mis flamberge au vent
contre ton frère et compagnon Triboulet?

— Sire, jusques à quand ce singe per-
vers s'intriguera-t-il pour mêler de l'eau à
mon vin, de l'ennui à ma liesse, de l'ivraie
à mon blé, et des pleurs à mes ris? Hélas!
il a fait pis que me rendre captif en un cachot noir et puant! Vite, pour le réjouir,
ordonnez que je quitte les houseaux et me
couche vivant dedans la tombe?

— Maugrebieu! dit le roi avec impatience,
on établit plus difficilement une bonne paix
entre deux maîtres fols qu'entre le roi et l'empereur. Trêve! En cas d'un différend à vider,
messieurs, je vous octroie droit et licence de
combattre au champ-clos de mon hôtel des
Tournelles, et tous deux armés, bonnet à grelots en tête, avec cuirasse et bouclier de
feurre, épée de bois et lance de roseau...

— Sire, répliqua fièrement Caillette, j'ai le
cœur aussi ferme et hardi que personne au
monde, et la main mieux faite pour tenir
arme ou bâton de guerre que marotte ou
cornemuse; donc, partout, je suis homme à

présenter le gage de bataille envers et contre
qui me portera nuisance et fera affront.

— Bien dit cela, mon cher fils ! repartit
le roi avec satisfaction ; la vraie noblesse est
plutôt dans le courage que dans le sang,
et tout lâche démontre assez qu'il est de
basse origine ; j'en prends à témoin les
dames, qui n'estiment que les vaillans.

— Mon cousin, reprit Triboulet avec
une grimace dédaigneuse, si tous avaient
les qualités nécessaires au roi, votre majesté aurait faute d'un fol ; c'est pourquoi
demeurons chacun en notre état. Quant à
mon ami Caillette, volontiers lui donne-
rai-je le baiser de Judas.

— Loin, méchant infâme ! dit Caillette,
qui l'empêcha d'approcher en faisant mine
de le mal recevoir ; le respect que commande
le roi notre sire me prescrit le pardon des
injures, et désormais point ne dégaînerai
l'épée contre toi ; mais avise à cesser de
faire rage, où je te romprai les dents, et
plus tu ne mordras onc, de ton vivant !

— Saint Satanas ! murmura Triboulet

écumant de colère, beau damoiseau, avise
à n'être point semblable à la vessie gonflée
de vent, qu'une piqûre d'épingle fait évanouir! Ainsi j'accepte par cartel, duel et
combat à outrance; adresse vaut prouesse.

— Foi de gentilhomme, interrompit le roi,
ces estafilades de paroles m'ennuient; car la
langue, si fine soit-elle, blesse à mort, sans
tirer goutte de sang. Çà, Triboulet, obéis
céans à ton seigneur Caillette, qui est mon
premier fol en titre d'office; autrement, le roi
des ribauds, gouverneur de messieurs mes
fols, singes et petits domestiques, te fustigera
et ornera ton chef d'un heaume de papier.

— Oui-da, j'obéirai comme bien il faut,
répondit Triboulet d'une voix étouffée, mais
de ce me vengerai quelque jour! la fin du
monde viendra plus tôt que la fin de mon
ressentiment : après quoi verges d'entrer en
danse!

Caillette regardait en pitié les grimaces
impuissantes de son faible ennemi, que
François Ier avait fait taire, et qui conti-
nuait la guerre par une pantomime inju-

rieuse. Caillette ne vit plus rien dès qu'il
se fut remis à penser à Diane.

Cependant le roi s'étant assis devant une
table, sur laquelle était encore tout ce qui
la veille lui servait à écrire les vers du Châtelain de Coucy, déchira d'un manuscrit un
feuillet de vélin blanc, et traça l'ordre suivant :

« Moi, le roi de France, par la grâce de
Dieu, voulons et ordonnons que, ces pré-
sentes vues et mon seing reconnu, obéissance soit faite au porteur d'icelles lettres
de même qu'à ma personne royale.

« François. »

Il déposa ce parchemin dans les mains de
Caillette, qui le reçut, comme un criminel
recevrait son arrêt, frappé de silence et
d'immobilité.

— Mon ami, lui dit le roi avec un ton
affable, cette pancarte est de meilleur usage
que le rameau d'or, célébré dans l'Énéide

de Virgile ; car, avec le secours de ce ta-
lisman, tu dompterais Cerberus, Furies,
Euménidès, et, qui pis est, geôliers, huissiers et sergens. Tâche de n'en abuser pas,
et ne décèle qui te l'a donné !

— Sire, mon beau cousin, s'écria Triboulet, dont la bonne humeur avait repris
son équilibre, voici vêpres sonnant aux pa-
roisses : n'avez-vous pas affaire, environ
deux heures de relevée, au Palais pour votre lit de justice ? il s'agit de votre beau serment sur le crucifix et la vraie croix !

— Hélas ! soupira le roi, maintenant
voudrais-je être déjà revenu !... Caillette,
ne t'endors auprès de Diane, comme fit
Argus aux cent yeux dans la fable, et, sans
toutefois déclarer quel je suis, persuade-la
de m'aimer.

Caillette ne répondit qu'en baissant la tête
pour cacher ses larmes, et se sentit un peu
soulagé lorsqu'il vit François Ier s'éloigner
avec Triboulet dans les allées du Labyrinthe.

Il était resté immobile à la même place, et
tenait encore à la main l'ordre écrit du roi :

il s'éveilla comme en sursaut, parce qu'il se sentit pincer le bout de l'oreille, et entendit l'accent magistral de Corneille Agrippa.

— Petit, lui disait celui-ci, le portrait de madame d'Angoulême, que j'ai rencontré des yeux en la salle d'en-haut, m'a révoqué en mémoire ce que j'omis tantôt de t'annoncer de sa part (ce ne sont mensonge ni vanité) : elle te convie de la venir voir, pour deviser seul à seule avec elle en bonne étrenne....

— Foin ! je n'en ai le désir ni le pouvoir, d'autant que je n'attendis jusqu'à ce pour élire une dame plus belle cent millions de fois et plus jeune aussi.

— Par le Dieu d'Isaac et Jacob ! crains-tu pas qu'elle fasse de toi de même que madame Putiphar voulut faire de Joseph ?

— Oui-da, j'évite, n'y allant pas, que mon manteau lui demeure en la main !

En prononçant ces mots, il sourit avec amertume, salua l'astrologue d'un signe de tête, essuya deux sillons de larmes le long de ses joues, et, pliant le précieux parchemin, qu'il glissa dans son pourpoint, il

m. 2.

monta rapidement à la chambre où Diane se trouvait sous la garde de dame Malon.

François Ier retourna plusieurs fois sur ses pas pour observer encore la petite fenêtre, aux vitraux de laquelle son imagination d'amant lui montrait l'ombre d'une vague figure de femme; Triboulet, en marchant derrière le roi, riait tout bas de ses propres pensées, et méditait une nouvelle méchanceté contre Caillette.

Au sortir de Dédalus, François Ier défendit, avec de terribles menaces, aux archers qui gardaient la porte, de laisser pénétrer dans l'enceinte du Labyrinthe personne autre que Caillette, Triboulet et Agrippa.

— Sire, dit en tremblant le chef de ces archers, voilà que madame d'Angoulême s'en est venue pour entrer céans, comme d'ordinaire, et n'a pu passer outre selon votre ordre exprès; en sorte que, tout irée de ce qu'on lui fermait la porte, elle enverra des gens pour nous pendre.

— Foi de gentilhomme! reprit le roi, si vous livrez passage à quelqu'un, je vous

promets pareillement une plaisante danse
entre le ciel et la terre.

Ces pauvres soudards, stupéfiés de l'al-
ternative périlleuse où le hasard les avait
placés, crurent avoir déjà une double corde
au cou, et s'inclinèrent respectueusement
avec une résignation passive.

Le roi, traversant la galerie des Courges,
pour monter à cheval et aller au lit de justice du Parlement, rencontra sa femme,
Claude de France, qui se rendait à vêpres
accompagnée de ses enfans et des dames de
sa maison.

Cette reine, avec un esprit médiocre,
une figure commune, et des infirmités qui
la faisaient boiter, possédait une angélique
douceur et une bonté capable de compen-
ser tant de défauts naturels, et même de
tenir lieu de toutes les plus brillantes qualités.

La duchesse d'Angoulême, sa belle-mère,
la maltraitait fort, et pourtant, dans son
Journal, elle se vante d'avoir *conduit sa bru
honorablement et amiablement;* le roi, son
mari, la respectait, mais ne l'aimant pas,

il la fréquentait peu , et avait soin qu'elle
fut toujours occupée par une grossesse ou
ou par des couches , pour être moins gêné
lui-même dans ses galantéries ; la dévotion
consolait madame Claude de l'indifférence
de son mari et des durs traitemens de Louise
de Savoie.

Par une singulière contradiction , bien
que cette pauvre princesse fût tout-à-fait
étrangère au gouvernement du royaume ,
elle mettait sa gloire à se montrer partout
et à tout propos avec ses atours de reine. Ce
jour-là , comme au jour de son sacré , elle
portait une cotte de tissu d'argent , un sur-
cot d'hermine , une coiffe de satin blanc ,
brodée de pierreries , et un manteau de velours bleu fleurdelisé.

A ses côtés marchaient ses enfans en bas
âge, tout mesquinement habillés, à cause de
l'état d'abandon et de dénûment qu'on lui
faisait souffrir à elle-même ; l'aîné, François,
qui mourut empoisonné à Lyon , donnait la
main à sa petite sœur Madelaine , qui fut
mariée à Jacques v, roi d'Ecosse ; Charles ,
duc d'Orléans, était mené par sa sœur Char—

lotte, et le petit. Henri, qui fut roi de
France, successeur de son père, folâtrait
et courait en avant, imitant le trot d'un cheval et l'allure d'un cavalier.

François Ier voulut se détourner à l'approche de ce cortége de famille; mais le
petit Henri, qui l'avait aperçu, le força, par
des cris joyeux, de s'arrêter un moment, et
courut lui grimper aux jambes pour attein-
dre le poignard à sa ceinture.

La reine se dirigea vers son mari avec une
parole douce et un visage affectueux.

— Sire, lui dit-elle, le seigneur Jésus-
Christ soit loué de ce que je vous revois
bien et mieux portant! Voici que je vais cé-
lébrer votre retour en oraisons; mais dites,
comment avez-vous fait et parachevé ce
bienfaisant voyage? ce pendant, vos fils et
filles, comme voyez, ont crû en force de
corps et bonne discipline : votre petit Hen-
riot va tout-à-l'heure être retiré des mains
de ses nourrices et gouvernantes, et, à
l'exemple paternel, selon son amour des
armes, il deviendra le premier chevalier
français.

— Dieu vous gard , madame ! dit le roi
en continuant sa route ; la cour, les princes,
ducs et pairs sont assemblés, et c'est moi
seul qu'on attend. — Fi ! la déplaisante
chose qu'une prude femme ! pensa-t-il en
lui-même.

VIII.

Félicité, que des prisons numbreuse,
Sollicitee est de prison umbreuse :
Cil ne vit plus qu'en exil lent, ocieux.
S'il ne veit plus le jour brillant aux cieulx,
Et comme ung mort soubz la profonde lame,
Est comme mort, helas! au fond de l'ame.

CONSOLATIONS ÉQUIVOCQUES.

VIII.

Lorsque Caillette remonta dans la chambre où Diane, avec le secours de dame Malon, donnait les premiers soins à sa toilette endommagée par les événemens de la nuit, il avait l'air si consterné et le visage si défait, qu'on ne pouvait qu'augurer une mauvaise nouvelle.

— Mon ami, s'écria madame de Brézé, effrayée de ce qu'elle allait apprendre, ver-

rai-je pas monseigneur mon père? ou bien
son arrêt s'en va-t-il s'exécuter?

— Oh! non pas, madame, reprit Caillette en soupirant; voire, j'ai bonne idée
de la réussite du procès; en attendant, je
tiens en main de quoi vous ouvrir l'entrée
de la Conciergerie, le grand chien infernal
Cerbérus gardât-il la porte des prisons.

— Vite, allons-y, vu la grande inquiétude qui me poind. Certainement M. de
Valois est un honnête seigneur que j'estime
tant et plus, ajouta-t-elle en se mirant avec
complaisance; son gracieux personnage m'a-
gréa de prime abord, et son pouvoir passe
encore ses promesses.

— C'est bien dit, madame, que vous l'aimez jà de première vue, et après meilleure
connaissance, vous mettrez en oubli tout le
reste, Caillette y compris!

— Non ferai, je l'atteste; par votre zèle
et dévotion à mon service, vous avez gagné
en mon amitié autant qu'il faut pour rendre
content le plus difficile, et tel sera toujours.

— C'est beaucoup, ma chère dame, et
toutefois n'est-ce rien qu'amitié!

Diane, dont la beauté devait un nouvel
éclat aux mains habiles de dame Malon,
était impatiente de profiter d'un ordre du
roi, qu'un caprice pouvait révoquer sur-le-
champ; elle témoigna si vivement son désir
à Caillette, elle le pressa de tant d'instances,
que celui-ci n'eut pas le courage d'attendre
jusqu'au soir, ainsi que François Ier le lui
avait ordonné; il sortit un instant, et re-
vint avertir madame de Brézé qu'il était
prêt à l'accompagner jusqu'au bout du
monde. A ces mots, un sourire de joie brilla
sur les traits encore pâles de Diane, qui
offrit la main à son guide : Caillette s'en
empara impétueusement, et la sienne, qui
tremblait de bonheur, devint glacée.

— Mon petit, lui demanda Diane en le
regardant avec intérêt, trembles-tu pas de
fièvre? Sans doute, le froid de la nuit changea le cours de ta bonne santé.

— Oh! non, madame, répondit Caillette, qui appuyait le bras sur son cœur
pour l'empêcher de battre si fort; serais-je
goutteux et paralytique, il n'y paraîtrait

point, à cette heure fortunée que je suis
votre chevalier servant.

— Ton contentement s'accroîtra quand
M. de Saint-Vallier sera, par le roi, reçu à
merci et absous; car justice ne veut pas
qu'il meure.

Caillette garda le silence, comme si l'une
et l'autre alternatives lui semblaient égale-
ment fatales, et peut-être aurait-il préféré
le supplice de M. de Saint-Vallier à sa
grace trop chèrement achetée.

Il engagea madame de Brézé à s'envelop-
per d'une ample cape de drap de soie brun,
qu'il était allé chercher pour elle, et la
conduisit, ainsi cachée aux regards indis-
crets, jusqu'à la porte qui s'ouvrait de
plain-pied sur la rue Saint-Antoine : une
litière, ornée de peintures et fermée de
courtines de taffetas bleu les attendait.

Diane, étonnée de la richesse de cette litière, y monta d'après l'invitation réitérée
de Caillette, qui se plaça en frémissant de
joie à côté d'elle; et la voiture, où n'arri-
vaient que le bruit des objets extérieurs et

un jour bleuâtre à travers les rideaux bleus,
se remit en mouvement selon le pas mesuré
des deux chevaux blancs qui la portaient à
brancards. Durant la route, qui fut longue
à cause des embarras de foule et de char-
rois par les rues étroites, Diane parla sans
cesse de son père qu'elle allait revoir, et le
souvenir de M. de Valois ne se mêla qu'une
fois à sa pensée.

— Certainement, dit-elle, M. de Valois,
qui tient tel empire sur le roi notre sire,
est connu de mon très honoré père?

Caillette, dont les yeux étaient tournés
vers Diane comme la boussole vers le pôle,
tressaillit à ces paroles, secoua la tête, essuya deux larmes le long de ses joues; puis,
levant le coin du rideau, il indiqua du
doigt la grosse tour carrée du Palais; re-
marquable entre les tourelles et les aiguilles
qui surmontaient cet antique monument :

— Voyez, madame! dit-il d'une voix
tremblante : la prison de monseigneur
votre père n'est pas bâtie de papier ni
close d'une toile d'araignée!

— Oh! je le vois lui-même aux bar-

reaux d'une fenêtre, s'écria Diane presque
défaillante ; voici reluire au soleil son collier de l'ordre !

La litière entra sous une voûte basse du
Palais : Caillette descendit le premier et
présenta la main à sa compagne, qui s'é-
lança légèrement à terre.

Le cœur de Diane battait plus vite : elle
était si près de son père ! le cœur de Caillette battait aussi avec force : il était si
près de Diane ! il touchait sa main, il entendait sa voix, il respirait son haleine,
il s'enivrait de sa vue.

— Mon ami, lui dit Diane s'arrêtant
tout-à-coup dans un passage obscur, est-ce
pas vous ou moi qui mène l'autre? m'est
avis que nous sommes égarés en cet enfer
auquel il ne manque rien, sinon le Styx et
la barque à Caron.

— De vrai, et m'en excuse, madame,
repartit Caillette, je marchais à l'aventure, comme on fait en rêve, sans savoir
où aller et venir... O Dieu ! n'ai-je plus ma
saine raison !

Un rayon de lumière se glissa dans les

ténèbres, et la figure rébarbative d'un geôlier qui tenait une lanterne effraya Diane à
la faire reculer en arrière.

— Madame, dit cet homme avec une ru-
desse respectueuse, êtes-vous plaignante,
partie ou accusée? toute affaire civile est
ajournée à cause de la solennité du lit de
justice, et l'entrée du Palais n'admet cejourd'hui que princes et seigneurs, prési-
dens et conseillers, maîtres des requêtes et
avocats : donc, retirez-vous.

— Compère, répliqua Caillette en tirant
de sa poche le parchemin écrit et signé par
François Ier, savez-vous lire l'écriture, et
avez-vous connaissance du seing royal?

— Par les oiseaux de Saint-Pris! monseigneur, répondit le geôlier en saluant le
parchemin qu'il fit semblant de lire à la
clarté de sa lanterne, commandez-nous à
votre guise, et dites ce qu'il faut faire.

— Rien ou peu de chose : introduire
madame ci-présente en la prison de messire
Jean de Poitiers, comte de Saint-Vallier.

— Oui, et le plutôt qu'il se pourra,

ajouta Diane; moyennant quoi, serez moult
payé de votre assistance.

— O la mauvaise aubaine! répétait dou-
loureusement le geôlier. Que dira monseigneur le premier président, si j'enfreins
son ordre concernant les gentilshommes
de M. de Bourbon?

— Maître sot, répondit Caillette, as-tu
moins de révérence à l'ordre du roi de
France?

— Dépêchez, bon homme, ajouta Diane,
qui avait hâte d'embrasser son père : ces
six angelots d'or soient garans de notre
honnête intention.

— Çà, venez! leur dit en marchant le
geôlier, qui ne s'était pas fait prier pour recevoir l'argent : vous certifiez que cet écrit
m'ordonne d'obéir de par le roi? n'abusez
pas de ce que je n'ai, de ma vie, rien lu
en un missel; la faute vous soit du tout at-
tribuée! Certes eussiez-vous perfide dessein, il n'aboutirait qu'à votre honte et
condamnation par-devant le Parlement, ainsi
que là-haut devant Dieu. Toutefois, je vous

affie, j'aurai l'œil à mon prisonnier, de
peur que, s'évadant, il expose au coup de
hache mon chef au lieu du sien; or, la
fuite est impossible. Mais, en tout cas,
vous ne voudriez commettre si gros péché
que de jouer la vie d'un père de famille,
lequel a charge de geôlier héréditaire à la
Conciergerie pour tout bien et tout honneur, depuis qu'il est de force à pousser
verroux, à fermer cadenas, à remuer
chaînes, barres et carcans : cette même
charge appartient à mes deux enfans, qui
n'ont encore barbe au menton...

Pendant que ce sombre huissier se livrait
à sa loquacité pour se dédommager du peu
d'occasions qu'il avait de l'exercer, il faisait
parcourir à Diane et à Caillette de vastes
galeries aux parois suantes, de longs corri-
dors à mille détours, des escaliers de grès
usés par les pas, des cours étouffées entre
quatre noires murailles; il ouvrait et refer-
mait des portes massives et toutes retentis-
santes de fer : à chaque instant, des courans
d'air humide saisissaient tout-à-coup Diane,
qui frissonnait de froid et de peur : elle se

réfugiait parfois dans les bras de Caillette, où elle respirait plus librement, et
le jeune homme était heureux de la serrer
contre lui-même.

Auprès de la grand'salle, d'où partait un
bruit confus de voix, un homme, qu'on ne
pouvait reconnaître dans ce bouge étroit et
ténébreux, effleura Diane en passant : elle
frémit involontairement, et se colla au mur
pour éviter ce contact qui lui faisait horreur ; quand cet homme eut monté un pétit
degré conduisant à la Chambre des délibé-
rations, elle entendit ces mots prononcés
d'un accer ˗ istre :

— Non, messeigneurs, empêchez qu'il
paraisse à l'appel !

— Sainte Vierge et Jésus son fils ! murmura Diane bas à l'oreille de Caillette,
est-ce pas la voix de M. de Brézé, mon
époux ?

Ils parvinrent enfin à l'escalier des prisons
de la Tour-Carrée, et tandis qu'ils montaient
péniblement dans l'obscurité, un son mé-
tallique retentit si gémissant que la tour en
fut ébranlée, et les échos le prolongèrent

de voûtes en voûtes jusqu'au fond des souterrains.

— Mon Dieu ! s'écria Diane écoutant mourir au loin ce bruit étrange, est-ce le sabbat des luttins ? la tour s'en va-t-elle choir
en ses fondemens ?

— Nenni, reprit le geôlier avec un gros
rire, c'est le marteau duquel frappe monsieur le président contre le portail d'airain,
aux fins d'appeler l'accusé à la barre de
l'audience. A cette heure, cuidé-je, est mandé
M. de Bourbon, qui n'a garde d'y venir.

Le geôlier s'arrêta au septième étage,
devant un guichet à triple serrure, cade-
nassé et verrouillé, qu'il ouvrit après de longs
efforts.

Dans l'intérieur de la prison, à peine
éclairée d'une fenêtre qu'interceptaient des
grilles et d'énormes barreaux de fer, Diane
jeta un rapide coup d'œil et ne trouva pas
ce qu'elle cherchait ; mais, à un grave soupir exhalé de l'endroit le plus sombre, elle
répondit par un cri perçant, et se précipita
toute en larmes au fond du cachot, tandis
que le geôlier, posant sa lanterne, s'assit

sur le carreau froid et se mit à manger de
bon appétit un morceau de pain bis avec un
demi-pan de saucisse. Caillette restait debout à la porte sans faire un mouvement,
de peur de troubler l'attendrissant spectacle qui le remplissait d'une émotion
muette : Diane était dans les bras de son
père !

Le comte de Saint-Vallier, depuis son ar-
restation, languissait, consumé d'une fièvre lente, entretenue par le chagrin : il se
sentait innocent, n'ayant donné au connétable de Bourbon que des conseils dignes d'un
vrai gentilhomme, dévoué à son pays et à
son roi. Il s'indignait donc de se voir con-
fondu avec des traîtres et des domestiques
dans une affaire criminelle : cette tache faite
à son écusson lui semblait irréparable, et
la crainte d'une condamnation capitale le
troublait moins que la honte de se voir en
butte à un soupçon de lèse-majesté. Les
lenteurs du procès l'avaient rendu aussi
malade d'âme que de corps, et il ne désirait
rien tant qu'une prompte mort ou une justice prompte : las de demander l'une ou

l'autre, il s'abandonnait au découragement, se lamentait à haute voix, pleurant en silence, refusant presque toute nourriture, battant les murs de son front, regardant souvent le ciel, demeurant immobile durant des journées entières, agenouillé ou étendu sur la paille qui lui servait de lit; enfin sa raison allait s'altérant de jour en jour, quand la vue de sa fille lui rappela tout-à-coup de tendres sentimens qu'il avait ou bliés avec l'amour de la vie.

C'était un vieillard de soixante ans, d'une taille élevée et droite encore, d'une belle et noble figure; ses cheveux et sa barbe, malgré son âge avancé, conservaient leur couleur noire et lustrée, qu'on attribuait généralement à un secret de les teindre avec des herbes bouillies; mais, pendant sa prison, son poil avait poussé de manière à ne laisser aucun doute sur ce singulier phénomène de la nature.

M. de Saint-Vallier portait dans toute sa personne, des témoignages de sa déplorable situation d'esprit : ses yeux hagards, ses traits défigurés de maigreur, sa grande

barbe, sa longue chevelure en désordre,
ses pieds nus et poudreux, ne s'accordaient
que trop avec ses misérables vêtemens dé-
chirés en lambeaux; seulement à son cou
brillait encore le collier de l'ordre de Saint-
Michel, que François Ier y attacha de sa main.
Ce reste de luxe et d'orgueil faisait ressortir
davantage l'état de misère et de dégradation
où sa captivité l'avait réduit.

Lorsque Diane se fut aperçue du change-
ment physique et moral opéré en quelques
mois chez son malheureux père, elle ne put
retenir de nouveaux torrens de larmes, aux-
quelles se mêlèrent celles du vieillard, qui
revenait à la raison, honteux de lui-même.

— Diana! dit M. de Saint-Vallier lorsque
la surprise et l'attendrissement lui permi-
rent de parler; ma chère Diana, maintenant
que je t'ai vue et baisée paternellement, la
mort n'est pas ce qui me contriste, et plus
volontiers trépasserai-je, ce me semble.

— Oh! dites que vous ne mourrez pas,
mon très honoré père! dites-le, pour m'exciter à vivre!

—Comment arrivas-tu jusqu'à moi, pau-

vre accusé, qui fut d'avance iniquement
condamné? comment es-tu venu d'Anet à
Paris, ma fille bien-aimée? Cependant le
grand-sénéchal de Normandie n'est pas dé-
funt, puisque mes tortures et crucifiemens
n'ont eu de cesse? Çà, raconte quels en-
nuis il t'a fallu pâtir de ce méchant mari,
qui se venge lâchement contre toi d'être im-
puissant et maléficié?

— Hélas! seulette dans mon château d'A-
nét, où je consume mes loisirs en dévo-
tions, regrets du présent et souhaits de l'a-
venir, je ne savais aucunement que vous
fussiez prisonnier du roi; je ne savais davantage la trahison de M. de Bourbon...

— Qu'est-ce à dire, madame? avez-vous
cœur et courage de gourmander de trahison
le plus loyal des sujets du roi notre sire?
Par l'illustre race des Poitiers! gardez-vous
d'injurier mon digne maître, parent et ami,
présentement éloigné de France par le fait
de la vilaine duchesse d'Angoulême, qui
soit plutôt nommée duchesse de félonie et
méchanceté! Dieu rende bientôt au roi
François la plus forte colonne de ce royaume,

son vaillant et bon connétable Charles de
Bourbon!

— Ne vous fâchez point d'une parole légère, monseigneur; car je suis quasi morte
de mon vivant, j'ignore du tout le train des
choses du monde, et ne connais, vous dis-
je, que le plain-chant d'église, mon réverend
confesseur et monsieur mon mari.

— Par les armes de ma maison! la malhonnête alliance que j'ai faite à mon détri-
ment! Mais, dis-moi, ma fille, cet eunuque
de Brézé a donc permis que tu vinsses céans
visiter ton vieil et désolé père? il ne me hait
donc pas tant que je pensais?

— Oh! monseigneur, excusez-moi de ce
que j'entrepris pour vous : monsieur le
grand-sénéchal étant de séjour en cette
ville, Caillette, par dévoûment moult re-
commandable, m'informa de votre mauvaise fortune, et m'emmena secrètement du
château d'Anet, aux fins de solliciter des
juges votre grace et liberté.

— Autant vaudrait prier cet orde prison
de devenir un beau et splendide palais! Mais
le petit Caillette a mal fait, avec bonne in-

tention toutefois, d'autant que l'honneur
d'une dame noble et de haut lieu, telle que
vous êtes, est facile à gâter par calomnie.

— Mon très digne père, les langues pi-
quantes me seront douces et emmiellées si
je viens à bout de vous sortir, sain et sauf,
des embûches de ce procès et des liens de
captivité. En attendant, c'est tout plaisir de
vous pouvoir accoler, comme je fais.

— Par mon blason sans tache, Caillette,
mon fils d'adoption, est un digne et ver-
tueux jeune homme! son office de fou royal
ne l'a donc corrompu? je serais aise vraiment de le remercier face à face.

Il parlait encore, lorsque Caillette alla
tomber à ses pieds, qu'il embrassait avec
des sanglots et d'abondantes larmes. M. de
Saint-Vallier, dont la vue était aussi affai-
blie que la mémoire, ne le reconnut pas
d'abord dans l'ombre; mais, Diane l'ayant
nommé, il le releva aussitôt pour le presser tendrement sur son sein.

— Caillette, mon second enfant, lui disait-
il avec bonté, le seigneur Dieu acquittera ma
gratitude en belles indulgences plénières!

III. 3.

Déjà je le louais, du fond du cœur, pour avoir si adextrement aidé la fuite de M. de Bourbon... Par mes armoiries! tu as fort bien profité de mes leçons, et le destin s'est trompé, te faisant naître fol en office royal plutôt que comte ou baron.

Il y eut un moment de silence dans la prison; Caillette se cacha le front entre ses mains, car tout ce qui lui rappelait son humiliante condition, en présence de Diane, le faisait rougir de honte; M. de Saint-Vallier ne remarqua pas combien il avait navré par ses dernières paroles l'ame fière et délicate de ce jeune homme.

— Par mes ancêtres! ajouta-t-il d'un air plus serein; ma belle Diana, je suis curieux de savoir quelle bienveillante fée vous introduisit ici, pour me réjouir, mieux qu'un rayon du soleil, en ma nuit funèbre? est-ce pas l'ange au clair visage, coiffé de rayons, qui, en suivant les saintes Écritures, pénétrait aux prisons et délivrait les saints apôtres?

— Peut-être, monseigneur, répondit madame de Brézé en souriant; mais ce bon ange a pris la forme et le nom d'un honorable sire.

— Par les mérites de ma bannière! qui est-ce?... Vous logez sans doute en l'hôtel de monsieur votre époux, madame, ainsi que doit toute honnête femme aimant bon bruit et los?

— Ne vous ébahissez du contraire, monseigneur, dit Diane après avoir hésité un moment, car, ce faisant, j'ai agi à bon escient.

— Vrai! madame, quel logis vous tient? qui est votre hôte? Pensez que votre renommée touche à la mienne, laquelle est demeurée pure et nette, malgré tout!

— Mon très cher père; voici le fait tel qu'il advint : Hier soir, sitôt après mon arrivée en cette grand'ville, Caillette étant absent pour avoir de vos nouvelles, je m'égarai par les rues jusqu'à ce que je tombai pâmée, ne sais à quel endroit; mais, en ce temps-là, un des plus excellens seigneurs de la cour, qui a nom M. de Valois...

— M. de Valois! c'est fausseté et abusion manifestes!

— Il m'a dit se nommer de cette sorte, et,
de plus, être cousin du roi de France : or j'ai
eu foi en son dire, d'autant que sa personne,
son grand cœur et ses accoutremens mon-
trent assez qu'il n'est pas d'un rang inférieur.

— Plût à Dieu qu'il fût le plus ladre de la
Cour des Miracles ! je n'aurais pas si grosse
appréhension, hélas !... Méchante, vas-tu
contaminer et polluer ta robe blanche d'innocence ? Achève néanmoins ce propos.

— Oh ! ne prenez cet air fâché, monseigneur !... M. de Valois (qui vous semblerait
encore au-dessus de mes éloges si l'aviez vu),
trouvant par terre, à la minuit, une femme
en pâmoison comme morte (c'était moi),
fut ému de subite pitié, et dépêcha ses
valets pour me recueillir dans sa maison des
faubourgs, où j'habite maintenant.

— Oui-da, M. de Valois porte grandement envie à la gloire de ma famille !

— Certes, vous le méconnaissez ce charitable seigneur, sans le secours duquel je
n'aurais soufflé de vie à cette heure, et
encore ne vous verrais-je pas maintenant si
ne l'eusse rencontré, puisqu'il obtint un or-

dre du roi pour l'ouverture de votre prison.

— Est-ce pas vrai, Caillette, que ledit ordre lui a coûté grand'peine? reprit le comte de Saint-Vallier avec ironie. O pauvre insensée et crédule brebis, en proie au loup ravissant!

— J'ai ferme assurance que vous penserez d'autre façon alors que, par l'entremise dudit M. de Valois, j'aurai votre rémission de peine, ainsi que j'espère, et comme il me le promet.

— Dieu t'en garde, ma fille! je préfère cent fois la gêne et le supplice à ma grace, dont j'aurais affront par-devant la mémoire de mes aïeux : dans ce cas, plus n'oserais-je passer par la vieille galerie de mon château de Pisançon, en laquelle sont rangées les images, armures et trophées de ceux-là qui m'ont transmis sans macule le très noble et très antique nom de Saint-Vallier.

— Monseigneur, interrompit Caillette en baissant les yeux, la chose n'est au point que vous craignez, et M. de Valois aura égard à l'inviolable hospitalité ; d'ailleurs je suis gardien de madame votre fille.

— Réponds sans feinte, mon ami, repartit M. de Saint-Vallier : oserais-tu jurer,
sur mon livre d'Heures, qu'en tout ceci et
tout cela il n'est aucune coupable machi-
nation de ta part?

— Çà, monseigneur, s'écria Caillette
la main droite appuyée sur son cœur, je
jure ici, vous présent, que je n'eus onc
mauvaise pensée à cet objet, et que plutôt
je donnerais cinq années des meilleures de
mon âge pour que cette rencontre n'eût
jamais eu lieu. Si je mens, que je sois
maudit en ce monde et damné dans l'autre!

— A ce serment, je te crois, mon fils,
continua gravement M. de Saint-Vallier;
aussi bien j'avais mal au cœur de soup-
çonner de toi telle vilenie. Mêmement, je
boute tant d'espoir dans ton amitié, que je
veux t'offrir une belle occasion de me servir,
en tant qu'il est possible de le faire : mes
biens étant tous confisqués, je ne te paie-
rai ce suprême service par or ou argent;
mais, quand mon chef sera séparé du corps,
je prierai au ciel pour tes prospérités...

— Loin ces funestes imaginations! in-

terrompit Diane. Vous vivrez longuement
en vos domaines, monseigneur! ne vous
souciez de rien, et me laissez faire.

— Il ne me soucie, ma fille, que de mon
honneur et du tien : or écoute donc : Caillette a charge expresse d'aviser à l'exécution
de mes commandemens et désirs. Il te faut
retourner tout-à-l'heure au château d'Anet,
et n'en sortir pour un ni autre sujet......

— Est-ce dérision de mon amour filiale ?
répliqua Diane tristement : votre arrêt est
quasi prononcé, et vous ordonnez que je
prête main-forte aux juges, en vous aban-
donnant au pied de l'échafaud !

— Messeigneurs, cria le geôlier entr'ouvrant la porte, quand aurez-vous tout dit ?
les gens du roi viendront tantôt, et vite
quittez la place.

A ces mots, que la voix rauque de cet
homme rendait plus terribles, un triple
gémissement fut une réponse que ne com-
prenait pas un cœur de geôlier. M. de Saint-
Vallier se leva de son lit de paille en chancelant, attira Diane sous le jour nébuleux
de la fenêtre, considéra sa beauté avec une

douleur silencieuse; puis, faisant signe à
Caillette de le suivre dans l'angle le plus
reculé de la chambre, il pria sa fille de ne
pas approcher avant qu'il la rappelât.

— Mon cher fils, dit-il à voix basse, tu
viens bien à point pour empêcher que l'honorable renom de ma lignée soit outragé en
ma personne. J'ai rêvé cette nuit qu'on me
privait de mes honneurs, dignités et prérogatives; donc, en toutes choses au monde,
je chéris mon ordre de Saint-Michel, que
me bailla de sa main le roi François après
la bataille de Marignan, où j'avais fait de
belles armes; et je ne veux pas qu'il me
soit ôté par aucun, sinon l'épée à la main :
c'est pourquoi je te prie de l'accepter en
dépôt et de le rendre à sa majesté, qui me
l'a donné, quand tu jugeras le cas opportun.

— Monseigneur, répondit respectueusement Caillette recevant le collier, qu'il cacha
sous son pourpoint, j'en ferai l'usage
qu'il convient, et ne remettrai cet ordre,
si bien gagné et si bien porté par vous,
qu'aux mains de qui vous le mit au col en
d'autres circonstances.

— Ensuite, mon petit serviteur, aie soin, avant tout, que ma fille Diane parte ce soir, s'il se peut, plutôt que demain, et par-là évite les piéges que le roi François dresse à la vertu des dames.

— Combien, monseigneur, je regrette et gémis d'avoir amené ma dame et maîtresse en ce pas périculeux ! il me tarde plus qu'à vous-même de la voir loin d'ici.

— Cuides-tu donc qu'elle ne soupçonne la noblesse véritable du faux M. de Valois ?

— Elle n'est guère apprise à feindre, et, sur mon ame ! elle ignore que M. de Valois est le roi lui-même.

— Fais de ton mieux pour que cette profitable ignorance dure un peu, car le titre de roi est un appât à prendre les plus hautes vertus.

— Si ce malheur arrivait, je me punirais de mort, comme en étant cause !

— Je te fais répondant de tout, mon ami Caillette. Souviens-toi que prudence, mère de sûreté, réclame la prompte départie de Diane, parce que la distance est le plus solide bouclier contre les flèches du mal.

III.   4

— Il est heure de vous retirer, cria une seconde fois le geôlier renforçant sa voix : l'audience du roi tire à sa fin, et je vous requiers de vider ces lieux.

— Diana, dit M. de Saint-Vallier allant vers elle sans quitter le bras de Caillette, tu observeras mes dernières volontés, que je te laisse pour adieu : hâte-toi de fuir Paris et M. de Valois, plus vite que peste et famine, car parmi les Turcs tu serais en moindre péril. La Vierge immaculée t'accompagne en ton voyage jusques à ton manoir d'Anet !

— Monseigneur, répondit-elle tristement, si devrais-je désobéir à vos tyranniques ordres, en tant qu'il m'importe de vous voir d'abord remis en liberté ; nonobstant, comme doit fille soumise à son père, je m'en vais partir, le cœur gros, les paupières humides et la bouche sanglotante.

— Auparavant, Diana, et toi pareillement, Caillette, comme si tu fusses mon propre fils, je veux vous imposer les mains en paternelle bénédiction.

Tous deux s'agenouillèrent aussitôt de-

vant le comte de Saint-Vallier , qui , levant
les yeux au ciel et murmurant des formules
de prière en latin, étendit ses mains dé-
charnées sur la tête de Diane et de Caillette,
qui pleuraient.

— Dieu sauve mon infortuné père ! disait
Diane avec ferveur.

— Dieu sauve l'honneur de ma fille ! disait
entre ses dents M. de Saint-Vallier essuyant
une larme.

— Holà ! cria encore le geôlier s'avan-
çant au milieu de la prison , est-il besoin de
querir les archers pour rompre ce tenace
entretien ? Messeigneurs, ne m'exposez pas
à perdre mon emploi, lequel vaut cent livres
par chacun an, outre les bénéfices. Sortez,
s'il vous plaît; voici qu'on monte les degrés !

— Adieu, mes enfans ! dit M. de Saint-
Vallier les serrant tour à tour contre son
cœur. Un mot encore : quelle est la chance
de mon cousin M. de Bourbon ?

— Il a défait monsieur l'amiral Bonivet,
répondit Caillette en hésitant, et les armes
espagnoles triomphent par son aide.

— Certes, il est fort à plaindre, et mal-

heur à qui le fit coupable! le roi François
perdit ensemble et ce héros et ses beaux
états d'Italie!... Adieu donc pour un long
temps!

— Adieu pour le plus bref délai! reprit
Diane. Hélas! il y a moins de joie en un
Dieu-gard, que de deuil en un adieu!

A peine la porte ferrée du cachot se fut-
elle refermée avec un fracas de clés et de
verroux qui avaient un douloureux écho
dans le cœur de Diane, on entendit la voix
grave et solennelle de M. de Saint-Vallier
entonnant le *De profundis*, et soudain des
prisons voisines sortirent d'autres voix qui
l'accompagnaient sur un mode lent et funèbre, comme si l'on eût célébré une messe
des morts. Diane défaillante s'appuya sur
le bras de Caillette, que cette psalmodie si-
nistre glaçait d'horreur; le geôlier, au contraire, fut saisi d'un violent accès de gaîté.

— Saint Pris, patron des reclus, s'écria-
t-il en riant, n'as-tu pas le tympan fêlé de ces
beaux *oremus?* Le Seigneur de Saint-Vallier
serait habile chanteur d'église au lutrin; et
le jour de sa propre exécution, sans le se-

cours d'un prêtre, possible est qu'il dise
pour lui-même un bel obit en plain-chant.

— Monsieur, interrompit Caillette, re-
tournez le prier de ma part, s'il vous plaît,
afin qu'il arrête ces pitoyables éclats, d'autant
que madame ne les peut ouïr sans douleur.

— Non, ces oraisons le consolent, puisqu'il n'a de recours qu'en Dieu, reprit
Diane, qui fondait en larmes : ce que fait
M. de Saint-Vallier est de bonne précaution;
je voudrais que le roi François pût entendre
ces pieux concerts : il sentirait peut-être quelque remords de les avoir suscités! Mais quels
sont les autres qui chantent en harmonie?

— Messieurs les gentilshommes du duc
de Bourbon, desquels l'arrêt s'en va être
prononcé, répondit le geôlier; oh! ils sont
bien munis de prières, de façon qu'aucun
n'aille en purgatoire au sortir de ce monde!

Ces chants lugubres s'affaiblissaient et se
confondaient en un murmure confus à mesure que Caillette, soutenant Diane d'une
main tremblante, descendait avec elle le noir
escalier tournant; leur guide était resté en
arrière, et, quand ils eurent le pied sur la

dernière marche, un gros de personnes dé-
boucha de la grand'salle avec des flambeaux :
c'étaient des conseillers du Parlement et
des seigneurs de la cour, conduits par le
chancelier Duprat; Diane se retira dans
l'enfoncement du vestibule pour leur livrer
passage ; mais ces mots, prononcés par une
voix qu'elle reconnut en frémissant, arrivèrent à son oreille :

— Louange à vous, messieurs! vous avez
bien mérité du roi et de madame d'Angoulême par votre dévotion à leurs ordres :
l'arrêt contre M. de Bourbon est formida-
ble; celui contre M. de Saint-Vallier ne vaut
pas moins. Ce dernier paiera de son sang
les épices du procès.

— Voulez-vous pas assister en cachette à
la cérémonie de sa dégradation ? demanda le
chancelier à celui qui avait parlé ainsi.

— Ce spectacle sera pour moi jouissance
du paradis, reprit la première voix avec un
ricanement féroce; car, auprès de l'exauctoration, ce n'est rien que la mort pour
l'orgueilleux Saint-Vallier !

Ces paroles cruelles, empreintes d'une fa-

rouche ironie, furent interrompues par
un lamentable gémissement, qui attira les
yeux et les lumières vers l'endroit où Diane
était tombée sans mouvement dans les bras
de Caillette.

— Malédiction sur moi et sur elle! s'é-
cria le grand-sénéchal de Brézé fixant un regard courroucé sur l'immobile et pâle visage de Diane. Qui donc a conduit céans
madame mon épouse? quelle injure nouvelle
me contraint à rougir publiquement? Malédiction !

— Monseigneur, dit Caillette avec une
colère pleine de dignité, n'allez pas diffamer
cette honorable dame; car moi, qui suis son
humble et dévoué serviteur, la vengerai bien
des outrages envenimés de votre langue.

— Qui donc tient ce fier et assuré langage? se demandait-on de toutes parts.

— Eh ! messieurs, répliqua Duprat, c'est
maître Caillette, premier fol en titre d'office du roi notre sire !

— Larron, ravisseur, affronteur, cria
M. de Brézé écumant et hors de lui, qui t'a
baillé droit et pouvoir sur madame Diane

de Poitiers, laquelle est ma femme légitime? Comment, de son château d'Anet, vint-elle à Paris sans mon ordre ou agrément? Parle, fol enragé, sinon, messieurs les juges présens, je te fais avaler mon épée, pour que la poignée te soit un bâillon propice à mon honneur.

— Messieurs, dit le chancelier, qui aimait à railler, écartez-vous un petit, et laissez le champ libre à ces deux beaux champions, monsieur le grand-sénéchal de Normandie contre le badin de sa majesté!

— Foi de gentilhomme, repartit François Ier, qui perça la foule amassée autour de Diane évanouie, on cuiderait, à cette grande rumeur, que mon cousin de Bourbon a entendu l'appel de notre chancelier, et comparaît à la Table-de-Marbre!

Le tumulte cessa tout-à-coup, et le roi, ayant aperçu d'un coup d'œil M. de Brézé, Diane et Caillette, changea de couleur, se mordit la langue, réfléchit un moment, se pencha vers Caillette et lui commanda d'enlever Diane sans délai, puis, de peur que M. de Brézé ne s'échappât pour suivre sa

femme, il le saisit par le bras et le retint
à la même place.

— Messieurs, dit-il sèchement aux assistans, allez chacun à vos affaires, et me laissez aux miennes. Mon cousin de Luxembourg, vous me tiendrez bon compte de ce
qui sera fait. Demeurez toutefois, mon cher
de Brézé : nous avons de quoi deviser ensemble.

Pendant cette allocution, Caillette, à la
faveur de la presse qui se portait en ce lieu-
là, avait dérobé madame de Brézé à l'atten-
tion générale, avec l'entremise des archers
de la garde du roi ; il la coucha dans la litière, sans qu'elle eût repris ses sens, et les
larmes de Diane coulèrent long-temps après
son retour au Labyrinthe.

Cependant le chancelier et sa suite étaient
rentrés dans la grand'salle du Palais ; messire Charles de Luxembourg, comte de
Roussy et de Ligny, accompagné des gens
du Parlement, montait à la prison du comte
de Saint-Vallier ; les lumières et les voix
s'éloignèrent, et M. de Brézé resta seul, fu-

rieux et palpitant sous la robuste main de
François Ier.

— Monsieur mon grand-sénéchal de
Normandie, dit le roi après un intervalle
de silence, qui vous émouvait d'une si
grosse colère? faisiez-vous querelle à mes
gens du Parlement de ce que M. de Saint-
Vallier ne fut condamné qu'à la dégradation, à la torture et à la peine de mort?

— Sire, répondit d'une voix éteinte
M. de Brézé, ne savez-vous pas la juste
cause de mes emportemens?

— Vraiment! fut-ce quelque taon ou
mouche bovine qui vous piquait à ce point?

— Alors, mon très révéré seigneur, pourquoi me distraire de châtier la plus grande vilaine, et de revenger mon honneur conjugal?

— Envers et contre qui, s'il vous plaît,
mon bon serviteur?

— Sire, sire, ma déloyale épouse, la
fausse Diane de Poitiers vint exprès en
cette ville pour faire l'œuvre de ma honte!
baillez-moi licence de la poursuivre, avant
qu'elle s'échappe, cette Hélène ravie par un
audacieux Pâris!

— Oui-da, monsieur, la chose que vous dites est moult à votre avantage, madame votre épouse étant telle que me l'aviez dépeinte, laide, sotte et dégoûtante.

— Oh! nenni, ne le croyez pas, sire : elle est si belle et si charmante que dame Vénus serait envieuse en la voyant.

— Foi de gentilhomme! mon cousin, s'il en est ainsi, elle l'emporte d'autant sur votre première femme, madame Catherine de Dreux, et je vous loue d'un si galant choix.

— Laissez-moi aller, sire; l'injure est énorme, la punition sera telle, et d'outre en part je passerai mon épée au corps de cette méchante et adultère femme.

— Holà! monsieur, avez-vous la mémoire si courte qu'ayez oublié la fâcheuse histoire de feu monsieur votre père, Jacques de Brézé, lequel ayant par noire jalousie occis son épouse madame ma cousine Charlotte de France, fille naturelle du roi Charles septième et d'Agnès Sorel, fut jugé à mort en l'année 1481?

— Hélas! sire, force m'est d'en avoir bonne remembrance, puisque monsieur mon

père ruina ses grands biens pour le paiement d'une amende de cent mille écus d'or
au rachat de la peine capitale.

— Tel cas put échoir sous le règne de
Louis onzième ; mais, moi régnant, monsieur, tous les trésors d'Asie et d'Amérique
n'auraient valeur suffisante pour acquitter
le prix du sang.

— C'est le fait d'un roi ami d'équité, sire,
et n'y contredirai-je point ; mais quelle vengeance me faut-il tirer d'une infidèle qui a
pollué la couche de son seigneur et maître ?

— Monsieur, un procès en impuissance
vous fut intenté naguère (il fait bon ici rougir à cause de l'ombre du lieu) ; donc, ledit
procès n'ayant eu sa fin légale, m'est avis
qu'il devait avoir telles suite et conséquences
en affaire amoureuse.

— Sire, vos paroles sont rudes, et vous
l'usez de merci à mon regard.

— Certes, monsieur, vous n'êtes mon
parent ni ami pour recourir à mon indulgence, lorsque vous-même paraissez tant
impitoyable envers le pauvre comte de Saint-
Vallier, votre beau-père ?

— Sire, estimez ce qu'il convient de faire
en cette occurence : madame de Brézé a
déserté secrètement mon château d'Anet, et
s'est rendue à Paris contre ma volonté, selon quelque méchant dessein contraire à
ma gloire.

— Or il convient, monsieur, que reve-
niez en votre château d'Anet, pour y attendre madame de Brézé, sans vous plus
soucier de rien.

— Vous raillez, sire; car, ce pendant,
que fera-t-elle, dont je n'aie vergogne?

— Oui-da, monsieur, après que vous
avez poussé à la mort M. de Saint-Vallier,
cette belle dame s'en va priant qu'on ac-
corde la vie sauve à son malheureux père.

— Ce n'est pas l'effet de ces prières que
je crains; car j'ai pour garant un beau serment de votre majesté, que le comte verra
la place de Grève.

— Donc fiez-vous en la parole royale,
tant imprudente fut-elle, et départez promp-
tement pour votre grand'-sénéchaussée de
Normandie. Adieu vous command!

— Sire, certainement, ma déshonnête

épouse retrouvée, j'obéirai bientôt à votre
majesté...

— Non, à cette heure, montez à cheval
et piquez des deux, tout d'une traite,
jusques à votre maison d'Anet : tel est mon
bon plaisir.

— Sire, permettez que ce voyage soit
pour demain; car point ne sais-je où madame de Brézé est allée...

— Partez, vous dis-je, monsieur mon
ami : les chevaux sont sellés, et s'il est besoin de vous reconforter, moi-même vous
verserai le coup de l'étrier. A propos, en
témoignage de ma grand'estime, je veux
que l'amende de cent mille écus d'or, payée
au roi par feu Jacques de Brézé, retourne
en vos coffres, s'il vous plaît.

— Ah! sire, quels sont mes mérites pour
une si haute et tant imprévue faveur!

— Or çà, vite, en selle, et force épe-
rons! car ce soir, le couvrefeu sonné, si
vous demeurez près de la ville ou dedans, je
vous déclare rebelle et vous retiens captif en
ma grosse tour du Louvre. Dieu vous gard !

— Sire, vos bontés passent vos cruautés,

et quoi qu'il me coûte, voici que je pars!

François Ier appela impétueusement son capitaine des gardes, et beaucoup de monde vint aussitôt à cet appel, non sans craindre que la personne royale courût quelque danger : juges, huissiers, avocats, archers, gentilshommes et princes s'agitèrent pêle-mêle autour de François Ier, qui tenait toujours le bras de M. de Brézé.

— Chappuys, dit le roi en élevant la voix de manière à être entendu de tous les assistans, j'apprends que monsieur notre grand-sénéchal de Normandie souhaite retourner en sa juridiction ; mais il emporte de si grosses sommes d'argent qu'il n'ose se mettre en route, de peur des brigands et routiers qui battent les chemins. Donc, dans l'intérêt de son salut et de sa bourse, je te prie d'élire cinquante de mes gardes armés de toutes pièces, pour accompagner ledit seigneur sénéchal jusques à son château d'A-net ; or çà, ne tardez d'une minute à ce faire ?

— Sire, répondit le capitaine Chappuys s'inclinant jusqu'à terre, messire le grand-

sénéchal sera en sûreté sous mon escorte,
fût-il porteur des trésors de votre épargne,
et point ne m'éloignerai-je de lui à la distance
d'une demi-pique.

— C'est un louable dessein, reprit le roi ;
adieu vous donne, monsieur de Brézé, et une
accolade !

— Sire, répliqua celui-ci, dont la voix
tremblait ainsi que tout son corps, en mon
absence, n'allez pas omettre la foi jurée devant le crucifix, touchant la vengeance à
tirer du sieur de Saint-Vallier !...

François 1er se tut et tourna le dos à M. de
Brézé, que le capitaine Chappuys entraînait
d'un autre côté, sans lui laisser le temps de
recommander Diane à la loyauté du roi.
Mais, avant de quitter Paris, le grand-sénéchal fut réintégré dans les deniers provenant
de l'amende payée par son père, et, bientôt
après, ce triste mari, accablé de fâcheux
pressentimens, galopait sur la route de
Dreux, en compagnie de cinquante soldats
bien montés et bien armés, qui le gardaient
à vue comme un prisonnier d'état.

Cependant messire Charles de Luxem-

bourg, comte de Brienne, de Ligny et de
Roussy, chevalier de Saint-Michel, qui avait
été chargé par le roi d'ôter le collier de
l'Ordre à M. de Saint-Vallier, jugé à mort
dans le lit de justice tenu ce jour-là même,
s'était transporté dans la Tour-Carrée de la
Conciergerie, et là, assisté du président
Leviste, des conseillers Jean Papillon, Jean
Berruyer, François Tanet, Pierre Clutin,
Raoul Dumeret, et du greffier-criminel
maître Nicolas Malon, il se rendit au cachot
du condamné.

Ce vieillard, que la visite de sa fille avait
rempli d'une joie mélangée de tristesse et
d'inquiétude, gisait sur la paille humide et
sentait redoubler les ardeurs de la fièvre à
laquelle il était en proie.

Il savait l'honneur de Diane livré à la
merci de François Ier, et cette idée faisait
taire chez lui toutes les autres; il oubliait
alors et sa condamnation imminente et la
peine capitale qui en serait la suite inévitable, pour ne voir que la honte entrer
dans sa famille avec une maîtresse royale.
Son esprit, affaibli depuis plusieurs mois

par les souffrances physiques et morales,
succombait à cette crainte encore imagi-
naire, et se plongeait avec désespoir dans
les rêves les plus sombres.

Le départ de sa fille l'avait laissé morne
et découragé comme s'il voyait se fermer
la fosse sur un cercueil, et il s'était mis à
psalmodier le *De profundis*, à chanter la
messe des morts : au milieu de ces chants
funèbres, il avait été pris d'un accès de fureur horrible, pendant lequel il se jetait de
toutes ses forces contre la muraille, les
bras ouverts comme pour étreindre un ennemi; puis, brisé du choc, épuisé de fa-
tigue, il s'apaisa tout-à-coup, saisi d'un
tremblement convulsif, et se traîna en gémissant jusqu'au fumier qui lui servait de
lit : il y resta sans mouvement et sans voix,
on l'eût cru mort.

Lorsqu'il entendit rouvrir la porte ferrée
de sa prison, il ne se releva point et ne
tourna pas même la tête; il s'écria seulement d'une voix caverneuse :

— Par mes sept tours de Pisançon ! est-ce
pas le médecin à tous mes maux tempo-

rels ? Vite , bourreau , brandis ta hache et fais ton office avant que j'aie connu les faits honteux de ma très chère fille... Toutefois là-haut les verrai-je !

Les gens du Parlement, en robes rouges, furent introduits par l'huissier, qui annonça d'une voix éclatante : *la Cour !* Ils se rangèrent lentement autour du prisonnier, et se tinrent immobiles en silence ; le greffier criminel Malon , qui n'avait pas la visière nette et la main sûre, s'assit sur un escabeau boiteux , et s'occupa machinalement à rédiger le procès-verbal, en rêvant au vin qu'il avait bu et à celui qu'il boirait encore. Le président Leviste porta d'abord la parole :

— Jean de Poitiers, seigneur de Saint-Vallier, dites vos noms, qualités et raisons.

Le comte de Saint-Vallier refusa de répondre à cette injonction plusieurs fois répétée, et ne bougea pas plus qu'un cadavre dans la tombe : il avait les yeux fixes et la prunelle dilatée, la face grimaçante et le teint enflammé.

— Maître Malon , continua le président,

écrivez que, nous étant transportés en la
Tour-Carrée, où était ledit comte de Saint-
Vallier, l'avons trouvé couché et malade.

— Saint-Vallier, ajouta M. de Luxembourg, je suis venu, par le commandement
du roi notre sire, afin de procéder à votre
exauctoration de l'Ordre. Greffier, lisez
haut et clair les lettres-patentes de sa majesté, en vertu desquelles nous agissons.

Le greffier-criminel toussa, cracha, éter-
nua selon l'usage immémorial des greffiers,
et déchiffrant à force de besicles l'ordon-
nance suivante écrite avec les abréviations
du grimoire de la chancellerie, il la lut
d'un ton nasillard et indécis :

« Moi, François, par la grâce de Dieu,
roi de France, faisons savoir à tous nos
amés et féaux les gens de la Cour du Parlement de Paris, que notre cher cousin
messire Charles de Luxembourg, chevalier
de notre Ordre, comte de Roussy et de Ligny, a reçu de nous charge expresse de procéder à l'exauctoration et ôter l'Ordre audit
Poitiers, déclaré par arrêt de ce jour privé

et débouté de tous honnéurs, dignités,
prérogatives et prééminences; à cette cause,
êtes prié d'assister mondit de Luxembourg
en ce qu'il fera. Donné à Paris, le seizième
jour de janvier, l'an de grâce 1524, et de
notre règne le dixième. Ainsi signé par le
roi en son lit de justice.

« ROBERTET. »

— Par mon blason sans tache ! s'écria
M. de Saint-Vallier, qui s'était levé sur son
séant avec indignation : le roi n'a point le
pouvoir de m'ôter ledit Ordre sans que tous
les chevaliers de Saint-Michel soient présens et assemblés.

— Maître Malon, dit le président, tenez
acte de cette réponse.

— Oh ! reprit le vieillard, dont les yeux
se mouillèrent, c'est me faire tort et injus-
tice, d'autant que n'ai nullement mérité
que l'on m'ôtât l'ordre; car je suis du tout
innocent, selon les beaux aveux que j'ai faits,
sans y être forcé, à M. le président de Selve.

— Saint-Vallier, repartit Charles de Luxembourg, j'ai charge et mandement du roi de mettre la sentence en exécution, et ce ferai. Or dites ce que devint votre collier, que je ne vois pas pendu à votre cou?

— Répondez au roi de ma part qu'il saura bien où et comment j'ai quitté mon collier de l'Ordre, lequel siérait mal à un chef tranché en place de Grève.

— En ce cas, prenez cet autre collier pour l'exécution de la sentence.

— Cet autre, point ne le connais, et ne suis tenu de le regarder comme mien; car ce n'est pas celui que le roi me bailla de sa propre main. Veuillez donc, s'il vous plaît, me laisser l'Ordre, sinon la vie.

— Monsieur, interrompit le président, le meilleur est pour vous d'obéir au roi, qui m'a envoyé céans avec lesdits conseillers pour assister messire de Luxembourg. Aussi bien, il nous faudrait user de contrainte, à l'effet d'exécuter la sentence portée.

— Tirez-moi de peine, messeigneurs, répliqua le prisonnier avec une noble fierté:

à cette heure, l'arrêt de mort est-il donné contre moi? à quand le supplice?

— Nous n'avons mission de vous satisfaire sur ce point, dit le président, et vous serez plus tôt que tard informé du demeurant.

— Je comprends par là que tout est dit, et ne requiers de vos bontés que la grace d'embrasser ma fille Diane une dernière fois; en attendant ce, je veux de bout en bout obéir à sa majesté, puisque c'est son bon plaisir.

M. de Luxembourg s'approcha de Saint-Vallier, lui mit au cou le collier de l'Ordre qu'on avait apporté à cet objet, et ordonna au greffier-criminel de relire la sentence d'exauctoration. Après lecture faite, il retira le collier en le passant par-dessus la tête du condamné, qui pleurait, se frappait la poitrine et baissait la tête pour cacher sa rougeur.

— Messeigneurs, disait tout haut Saint-Vallier, voici que je reçois le coup de mort; car je n'en sais pas de plus rude pour un bon gentilhomme.

— Signez au procès-verbal, dit alors le président en lui présentant la plume et le parchemin.

— Maître Malon, dit tout bas à celui-ci le conseiller Tanet, viendrez-vous pas souper ce soir avec de joyeux confrères, avocats, juges et procureurs? on boira du vin vendangé aux vignes du Palais?

— Oui-da! répondit l'autre, volontiers; la séance est close et l'appétit ouvert.

— Ores, messieurs, dit M. de Luxembourg aux conseillers, qui se retiraient, je m'en vais raconter à sa majesté comme la chose s'est passée.

— Deux mots en plus, ajouta M. de Saint-Vallier en le retenant d'un air mystérieux; rapportez aussi au roi qu'ayant ravi l'honneur au père, il n'ôte point encore celui de la fille.

Ayant prononcé tristement ces paroles, il poussa un éclat de rire insensé, parcourut la prison à quatre pattes, chanta un noël dauphinois, et, frappant son front contre l'angle d'un mur, se fit une large blessure d'où le sang jaillit à flots.

— Voyez, cria-t-il : cette vive couleur
écarlate est propre à teindre la robe d'un
conseiller, voire d'un président !

M. de Saint-Vallier était fou.

IX.

C'estoient troys personnes en une,
Tout ainsy que la Trinité :
D'abord le coureur de fortune ;
Après l'amoureux sans rancune ;
Puys enfin, le roy moult cité.

LE MASQUE ET LE VISAGE.

IX.

Il y avait un mois environ qu'un arrêt
de mort contre M. de Saint-Vallier avait été
rendu, et l'exécution de cet arrêt était encore ajournée, suivant des ordres secrets
du roi; une maladie terrible du condamné,
que les secours de la médecine n'avaient pu
préserver de fréquens accès de folie, servait de prétexte à un sursis qui étonnait le

public et affligeait l'implacable duchesse
d'Angoulême.

Celle-ci soupçonnait bien qu'une affaire
de galanterie était l'objet des fréquentes vi-
sites de son fils à la tour de Dédalus ; mais,
comme personne n'avait la permission d'entrer dans le Labyrinthe depuis le jour où
madame de Brézé y fut amenée, Louise de
Savoie ignorait la véritable cause des délais
apportés au supplice de Saint-Vallier. Le roi
écoutait avec impatience les reproches et
les prières de sa mère, sans en tenir compte,
et courait les oublier aux genoux de Diane,
qui ne voyait que M. de Valois dans la personne du roi de France.

Diane, en quittant la prison de son père,
avait eu d'abord la ferme volonté de suivre
les conseils de ce vénérable vieillard, qui
lui prescrivait de retourner aussitôt en Normandie ; mais la rencontre qu'elle fit de son
mari au Palais dérangea tous ses projets de
fuite que Caillette pressait inutilement, et
mit des obstacles à son obéissance filiale ;
elle passa les premiers jours dans les larmes, en attendant l'issue des démarches

qu'on devait tenter auprès du roi en faveur
du condamné; puis, rassurée par les paroles de son galant hôte sur le sort du
comte de Saint-Vallier, elle retarda son départ jusqu'à ce qu'il fût devenu impossible :
M. de Valois s'était fait aimer.

Caillette invoqua souvent le nom de
M. de Saint-Vallier, pour déterminer Diane
à échapper au danger qui la menaçait; mais
Diane ne répondait aux plus sages raison-
nemens et aux sollicitations les plus actives
que par des pleurs bientôt essuyés, ou de
frivoles objections, ou des promesses faites
du bout des lèvres. Las de jouer le rôle
d'importun, il feignit de ne rien voir de ce
qui se passait, et se renferma dans les devoirs de serviteur attentif et discret, ces-
sant de s'interposer entre les amans, qu'il
savait d'intelligence, et renonçant à d'inu-
tiles admonitions, que Diane n'écoutait pas.

Mais toujours plus désespéré au fond de
l'ame, à mesure que François Ier devenait
plus joyeux; toujours pâle, abattu et silencieux, il évitait la présence de madame de
Brézé autant qu'il l'avait cherchée aupara-

vant; et Triboulet le faisait rougir d'un
seul regard, comme si ce regard eût pu
lire dans son cœur.

Le 14 février, aux premiers rayons d'un
beau matin, lesquels, éclairant la partie
orientale de la tour de Dédalus, illumi-
naient les vitraux peints des fenêtres, et
s'avançaient dans la salle basse à travers la
porte entr'ouverte, François Ier, appuyé
sur l'épaule de Caillette, attendait impa-
tiemment le réveil de Diane; mais il se fût
bien garder pourtant de le hâter par le plus
léger bruit; il prêtait l'oreille à chaque instant : tout reposait encore dans la chambre
supérieure, et le Labyrinthe retentissait de
ramages d'oiseaux, qui, trompés par ce brillant soleil, saluaient le retour du printemps
en sautillant sur des branches nues, cris-
tallisées par les frimas de la nuit.

— On cuiderait être au joli temps du
renouveau, dit le roi à voix basse : ce ciel
bleu rit au cœur des amoureux, n'était que
le mois de février ne vaut pas celui de mai.

— M'est avis, reprit Caillette pensif et
chagrin, que tout semble hiver aux malheu-

reux qui sentent en eux-mêmes la tempête
et le tonnerre; ils n'ont souci des oiselets
gazouillant, des frais gazons verts, des
fleurs écloses, du jour luisant, ni de rien;
ils sont comme un convive à table sans faim
ni soif.

— Foi de gentilhomme! interrompit
François Ier, cette nuit, tout éveillé, j'ai
tant songé de la belle Diana, que possible
est qu'à cette heure, en dormant, elle songe
de M. de Valois, à qui le roi porte envie.

— Sire, dit Caillette avec un profond
soupir, vous n'avez présentement que faire
de mon office; souffrez que j'aille étudier
au cabinet du docteur Agrippa.

— Es-tu point assez savant? demeure
plutôt pour me divertir; car, sur mon ame!
Triboulet a trop de langue et de bave; il
m'ennuie à force de folie.

— Sire, vous savez comme je suis mal
habile à ce métier de bouffon, lequel me
pèse plus que péché mortel; je vous dresse
humblement requête pour qu'il me soit li-
cite de jeter la marotte aux orties.

— Nenni, point, mon cher fils, il faut

que viviez et mouriez en votre charge, tout ainsi que moi-même en ma condition de roi. Seulement, par grace singulière, à la requête de Diana, je permets qu'alliez vêtu obscurément et dépourvu de vos attributs d'office.

— Toujours est il, sire, que je porterais le froc de préférence aux grelots ; mais il ne vous chaut que le pain me semble amer, pourvu que vous le mangiez de friand appétit.

— Çà, mon mignon, ce pendant que ma dame sommeille, veux-tu pas poétiser en son honneur? les vers faits à jeun sont plus légers.

— Comment rimerais-je, sire, quand une sourde douleur consume la moelle de mes os ?

— De vrai, petit, à te voir maigre et blême, on cuiderait un ermite au désert; toutefois le seigneur Apollo te chérit entre tous ses enfans. Madame de Brézé a jugé fort gentille ton Épigramme du Châtelain de Coucy, laquelle je récrivis en tête de ce manuscrit; les belles poésies dont tu as célébré, sous mon nom, mes amours avec madame de Châteaubriant, ont mis au cœur de Diane certaine fantaisie d'être illustrée de même style ; et j'ai compté que tu viendrais, pour ce faire, à mon aide.

— Hélas ! ses larmes valent pour moi la source d'Hippocrène ; or, s'il vous plaît, boutez la main à la plume en temps que dicterai de bouche quelques rimes.

François Ier s'assit et prépara ce qu'il fallait pour écrire, pendant que Caillette, recueilli dans ses idées sombres, sentait l'inspiration fermenter au souvenir de Diane de Poitiers, la seule muse qu'il invoquât. Tout-à-coup il prononça lentement, d'une voix émue, ces vers composés naguère pour son propre compte, tandis que le roi les accompagnait d'exclamations admiratives et du frémissement de la plume sur le papier :

O Diana, là si bonne et si belle,
Serais-tu pas à Cupido rebelle ?
Plus je dépense, avec plaisans égards,
En pleurs, en flamme, en soupirs, en regards,

Plus jour et nuit je sens rude moleste,
Les yeux collés à ta face céleste ;
Plus envers toi je vais criant merci…
Et plus tu veux me payer en souci !

Entends à moi, d'une ame pitoyable,
Car il n'est rien, ci-bas, tant effroyable,
Tant malheuré, tant abhorré de Dieu,
Que d'aimer trop pour être aimé si peu.
Le don d'un cœur vaut un cœur en échange,
Et si le tien, d'un mois à l'autre change,
Ainsi qu'on voit au firmament Luna,
Je te dirai : la fausse Diana.

Or je te prie, en gémissant, d'élire
Ce qu'il convient résoudre en mon délire.
(Car sans aimer vie est pire que mort.)
Guéris les maux que tu fis sans remord ;
Faut que l'amour retourne à qui le cause :
Sinon je meurs en désespoir de cause :
Réponds à moi d'un souris seulement,
Mon deuil prendra cesse en contentement.

— Foi de gentilhomme ! interrompit Fran-

çois Ier, c'est assez jouer l'amoureux dolent,
dont j'ai vergogne; car n'ai-je guère sujet
de me plaindre, d'autant que toutes pri-
vautés me furent octroyées, hors la plus
grande. Il semble, en tout ceci, que tu
entendes parler de toi !

— En vérité, répondit Caillette en tres-
saillant, informez-vous à Clément Marot, à
Héroët, à Saint-Gelais et aux plus habiles
poétiseurs; ils vous diront comme quoi on
se range en lieu et place du personnage
qu'on fait parler en rime; et, de fait, je
pensais réellement à cette heure prier d'a-
mour madame Diane de Poitiers.

> Mais point ne suis (et ce penser me blesse)
> Digne de toi, car je n'ai ta noblesse...

— Arrière! interrompit encore Fran-
çois Ier; on s'aperçoit à ce propos, maître
Caillette, que vous rimez à votre intention;
certes, il vous convient de dire que madame
de Brézé vous outrepasse en noblesse; la

chose s'entend de soi ; mais autrement di-
riez-vous, ayant mémoire de la personne
du roi de France, le premier de tous en
naissance, fortune et le reste.

— Ne vous arrêtez à si peu, sire, reprit
Caillette embarrassé ; la faute en est à-vous
qui contrariez mon œuvre ; néanmoins, je
sais le point où je vais fondre.

> Quand bien serais-je empereur, ce je croi,
> La dame aimée est plus noble que roi.
> A mon amour quel ose contredire ?
> Oh ! je voudrais, pour preuve de mon dire,
> Comme sur toi, sur la France régner ;
> Tu serais reine aussi, dût s'indigner
> Un vieil époux qu'à la Parque j'octroie,
> Dût s'émouvoir la grand'guerre de Troie !

— *Plaudite cives !* s'écria le roi en ajoutant
sa signature à la copie de cette épître ;
voilà les plus magnifiques vers que l'on fit
onc ! Maître Clément en sera piqué d'envie,
et dira selon sa devise : *La mort n'y mord !*

Bien, mon cher Caillette; tu auras, pour loyer de ton gai-savoir, ce qui te duira davantage entre tous mes trésors; mais ne déclare à nul que tu fus l'auteur de ce chant d'amour; aussi bien, ne dois-tu pas t'en glorifier, puisque le sujet et les meilleurs mètres sont issus de mon esprit.

— Sire, dit Caillette en se retirant dans le fond de la salle, voici venir madame votre maîtresse.

Diane, qui descendait de sa chambre, entendit cette dure parole; elle rougit, regarda Caillette d'un air de reproche, et salua François 1er avec un air de dignité sévère et triste à la fois.

— Monsieur de Valois, lui dit-elle, ne me laisserez-vous point partir cejourd'hui, eu égard à la volonté de monsieur mon père?

— Faites à votre fantaisie, ma chère dame, afin qu'il ne soit dit que je vous tyrannise; mais, en quelque lieu où vous viendrez, j'irai mêmement, fût-ce aux contrées hyperboréennes de l'Islande.

— Las! grace à vous, M. de Brézé porte mon deuil comme on fait d'une morte, et

je n'oserai m'offrir au-devant de l'ire paternelle ; méchant ami, vous m'avez nui plus
qu'un ennemi aurait su faire !

— Foi de gentilhomme ! Diana, vos torts
passent les miens, et ce matin j'ai couché
par écrit mes désolations, en espoir que
vous y pourrez remédier.

En disant cela, il présenta les vers de
Caillette à Diane, qui les parcourut tout
bas avec une émotion visible, en interrom-
pant sans cesse sa lecture pour adresser à
François Ier de tendres et longs regards.
Caillette suivait des yeux les impressions que
ce touchant morceau de poésie faisait naître
au profit d'un rival ; son cœur battait violemment, sa respiration était oppressée ;
ses traits se décomposaient, empreints d'une
douleur intime, et il faillit tomber à la ren-
verse quand Diane murmura ce seul mot
avec une douceur infinie : *Aimer !* qui était
comme une réponse décisive à l'épître amoureuse de François Ier.

— Diana, chère Diana, s'écria le roi
transporté d'ivresse, dites, dites tout haut

et sans contrainte que vous me tenez pour votre serviteur d'amour!

— Ah! mon bon seigneur, ce serait pécher envers Dieu et monsieur mon mari; gardez-moi, au contraire, de mauvaise pensée, car ces beaux vers m'ont émue plus que je n'ose dire... Vraiment! je me reproche un si long séjour fait en votre hôtel.

— Puissiez-vous y demeurer à jamais, ô ma reine, et commander sur votre sujet de même que sur le royaume de France!

— Si j'avais, monseigneur, ce grand pouvoir que vous me souhaitez, il serait premièrement manifesté par la délivrance de M. de Saint-Vallier..... Mais qu'est-ce donc que cela?

Triboulet, vêtu de ses plus beaux habits de fou, entra suivi de valets et de pages qui portaient dans des corbeilles tout l'appareil d'un magnifique repas, des soupes, des ragoûts, des viandes cuites et rôties, des fruits, des pâtisseries, des confitures et des dragées.

Avant que Diane fût revenue de son étonnement, ils eurent dressé une table à deux couverts, somptueusement servie, exhalant

les parfums d'une succulente cuisine aux
aromates et chargée de vaisselle d'or et
d'argent non moins précieuse par la richesse
du travail que par celle de la matière : la vue,
ainsi que l'odorat, étaient charmés de ce fes-
tin splendide, où la profusion des mets et des
vins semblait attendre plus de deux convives.

— Madame , dit gracieusement François Ier invitant Diane à prendre place à
table, j'ai ordonné pour vous ce simple dîner,
qui sera le meilleur de ma vie si vous me
permettez de m'y seoir auprès de la personne
que je préfère au monde. Daignez toutefois
excuser la pauvre chère que nous ferons.

— Oui-da, monseigneur ! répondit
Diane, qui s'assit la première, rouge et
troublée : quand vous me viendrez visiter en
mon château d'Anet (ce qui sera prochai-
nement m'est avis), je crains d'être fort
empêchée à vous rendre tant d'honneurs et
de fêtes, réception de prince et gala de roi.

— Je n'ai autre besoin de vos offices, dit
le roi aux gens qui avaient mis le couvert ;
donc allez-vous-en et nous laissez ; messieurs les fous suffiront aux emplois de

pages, d'écuyer-tranchant et d'échanson.

Ceux à qui s'adressait l'ordre de se retirer s'inclinèrent devant François Ier avec les marques d'un profond respect, et obéirent aussitôt.

Triboulet, fier et joyeux des nouvelles fonctions qui lui étaient attribuées, se mit en devoir de les remplir : il découpa les viandes et fit jaillir la sauce à l'entour ; il présenta l'aiguière pour laver, et répandit autant d'eau sur la robe que sur les mains de Diane. Il versa à boire au roi, et le fit si étourdiment que la coupe débordait. Mais François Ier était trop amoureux pour s'irriter des maladresses du bouffon et pour s'apercevoir que Caillette n'avait pas bougé du banc où il était assis, raide et muet comme une statue.

Diane de Poitiers, gênée par la présence de ce témoin clairvoyant et sévère, prenait moins de plaisir aux tendres discours de son amant, affectait autant de froideur dans sa contenance que dans ses paroles et ses regards; car elle voyait les yeux de Caillette fixés sur elle et pleins d'une morne tristesse.

Madame de Brézé n'était plus la même
qu'au moment de son arrivée à Paris : la
coquetterie avait fait de rapides progrès aux
dépens de sa candeur enfantine; on lui répétait tous les jours avec tant de formules diffé-
rentes d'amour et d'admiration qu'elle n'a-
vait pas de rivale en grace et en beauté; elle
finit par se persuader qu'on lui disait vrai
et par ajouter foi à des éloges que le miroir
lui confirmait; elle se réjouit d'être belle.

La toilette devint dès lors pour elle un
plaisir, un besoin, qu'elle n'avait pas connu
jusque-là; son royal amant s'était empressé
d'aller au-devant de ce goût frivole, en lui
prodiguant les plus précieuses fourrures,
l'hermine et le menu vair, les plus riches
étoffes de soie, le velours et le satin,
brodés d'or ou d'argent. Chaque jour
c'étaient nouveaux présens, chaque jour
nouvelles modes; elle avait des ceintures
d'orfévrerie, des colliers de perles, des
bagues de diamans, des diadèmes de pierres
précieuses, comme une reine.

On eût dit qu'elle respirait de loin l'air
séducteur des cours; son innocence était

prête à s'évanouir, et le souvenir de son
malheureux père la poursuivait déjà comme
un remords. Elle n'eut pas beaucoup à faire
pour oublier M. de Brézé, qu'elle avait tant
de sujets de haïr : dame Malon remplit si
habilement le rôle d'entremetteuse, et le
soi-disant M. de Valois fut si bien servi par
le penchant naturel de sa naïve maîtresse, que
François Ier n'eut pas recours au prestige de
la royauté pour plaire, et que l'amour,
dans le cœur de Diane, précéda l'ambition.

Pendant qu'ils étaient à table, mangeant
peu, s'entretenant tout bas de leur tendresse
mutuelle et se regardant sans cesse, une
musique imitant le ramage des oiseaux se
fit entendre au dehors, et les disposa tous
deux à de voluptueuses rêveries.

Ils écoutaient, et leurs yeux se parlaient
avec une chaleur et une éloquence que ne
pouvait avoir le langage le plus passionné;
leurs mains se pressaient, et leurs genoux
frémissaient en se touchant. François Ier se
pencha vers Diane : leurs lèvres se rencon-
trèrent sans se chercher, et un baiser élec-
trique les fit tressaillir de la même émotion.

— Holà! s'écria Caillette troublant leur
amoureuse extase, c'est à en mourir de
chagrin!

— Qu'est-ce, petit? demanda le roi, à
qui cette voix importune rappela qu'il n'é-
tait pas seul.

— Sire, répondit en rougissant Caillette,
voyez le beau page qu'avez là pour vous servir! maître Triboulet trouve la chère ex-
quise, et boit d'autant à votre royale santé.

En effet, Triboulet, remarquant que les
convives s'occupaient moins du repas que
de leurs amours, s'était furtivement emparé
d'un jambon paré aux armes de France et
d'un flacon de vin de Chypre; puis, accroupi
derrière le chauffe-doux, il mangeait et
buvait à la hâte, avec un bruit de mâchoires
et de gosier qui dominait la symphonie.

Caillette n'avait pas trouvé d'autre prétexte à son étrange interruption, et désignait
du doigt le coupable à François Ier, qui,
voyant l'air interdit de Triboulet la bouche
pleine et le flacon à la main, se mit à rire
de si bon cœur, que Diane fit de même par
politesse; mais Diane avait entendu l'excla-

mation douloureuse de Caillette, et n'osait tourner la vue vers ce juge silencieux, qui semblait représenter le vieux comte de Saint-Vallier.

— Foi de gentilhomme! dit le roi à Triboulet, ton ventre est plus sage que ta tête folle, et l'appétit mieux vaut que l'esprit. Est-ce pas que je te traite en prince?

— En roi, voulez-vous dire, mon cousin, répliqua Triboulet faisant une pose pour engloutir le morceau qui l'empêchait de répondre; mais tout le tort appartient à l'appétit, passion furieuse non moins que l'amour, lequel a pareillement mains pour prendre, dents pour mordre, et, par-dessus tout, jouissance infinie à se satisfaire; voilà comment et pourquoi j'ai failli à ce que devoir commande : ainsi ferait un beau seigneur robant la femme au mari et icelle retenant pour ses plaisirs...

— Diable! interrompit François Ier, qui prit en considération la pâleur subite de Diane; ton office de fol laisse plein pouvoir à ta langue contre ma personne; mais pense à ne blesser onc l'honneur des dames, sur peiné d'être battu et essorillé de par le roi!

— Monseigneur, reprit Diane, je me fais avocate pour ce bon compagnon, qui ne désire rien plus que vous complaire; ores, changeons de propos : de vrai, dites-moi à quel objet ce grand luxe et magnificence? Est-il en votre maison nativité ou baptême? Est-ce plutôt madame votre sœur qui s'en revient des champs? J'aurai joie au cœur de la connaître : elle est gente de figure et de corsage, j'imagine?

— Sur ma foi! ce n'est point l'heure de parler de celle-là, qui ne vous verra qu'au plus tard possible; car elle est aussi déplaisante que vous êtes gracieuse : outre ce, elle ne séjourne guère en cette ville, et de fait, je suis aise qu'elle ne vous voie pas.

— Çà, monseigneur, avez-vous nouvelles du pauvre seigneur de Saint-Vallier? est-il mieux portant et jà convalescent? Le roi ne consentira-t-il pas à casser l'arrêt?

— Fiez-vous aux belles espérances que j'en ai, ma chère Diana, et n'appréhendez rien que de fortuné en l'avenir... Or, messieurs les fols, ne vous endormez pas comme

gens sourds et muets de naissance, et tra-
vaillez plutôt à notre divertissement.

— Mon cousin, repartit Triboulet, qui
entassait bouchée sur bouchée sans re-
prendre haleine, je n'ai plus parole au bec,
et la soif épaissit la langue; mais de la panse
vient la danse, et s'il vous agrée, je sauterai,
virerai, ballerai, danserai, suivant la mode
de votre more Ortis, sur l'air de *Laccohiqui,
laccohiqua.*

— Monseigneur, interrompit Diane, j'ai
foi entière aux songes, et le docteur Agrippa
m'a confirmée en cette superstition que je
tiens de ma nourrice; donc, cette nuit,
dormant, j'ai vu monseigneur de Saint-
Vallier blême, chétif et le poil tout blanc;
cette apparition me jeta en un deuil extrême,
que votre fantôme souriant vint dissiper
ensuite comme le soleil fait les nuages.

— Fi! répondit François Ier mécontent
de ce que l'entretien s'assombrissait ainsi que
la figure de Diane; ce sont contes de vieilles
femmes, et d'ailleurs les songes doivent
être expliqués par un docte philosophe,
tel que maître Corneille Agrippa: le vôtre

toutefois me semble de bel augure à tous
égards. Achève d'abord et vite ton repas,
Triboulet, fol de bonne volonté ; or, ce
pendant que mangeant et avalant tu feras
sonner tes badigoinces mieux que flûte et
rebec, Caillette s'en va, parlant et pérorant,
montrer comme il prime en gentillesse,
joyeuseté et folie.

— Hélas ! dit mélancoliquement Caillette, voilà tantôt sept années que je ne ris
des lèvres ni du cœur ! Vraiment, madame,
rien ici ne me conseille de railler et faire
le fol !

— Pourquoi te contrister mon ami ?
répliqua le roi ; j'entends que tu sois, cejourd'hui, de gaillarde humeur, riant,
plaisant, réjouissant, ainsi que commande
la charge.

— Monseigneur, c'est prescrire l'impossible, et vous n'avez encore le don des
miracles, malgré votre grande puissance.
Je suis, vous dis-je, triste, morose et désespéré, au point que je fais effort pour
cacher mes larmes et refréner mes sanglots.

— Foi de gentilhomme! c'est trop tarder
d'obéir, méchant garçon, et je vous somme
d'être gai en mots, saillies et visage. Il
s'agit de nous exciter à rire; fait belle musique de grelots, roi des fols, et tâche de
nous distraire de tout fâcheux pensement.

— Quoi! sire, vous m'aviez exempté de
porter la livrée de fol, et, tout à l'instant,
vous juriez de m'octroyer ce qui davantage
me duirait; ne me causez donc point cet
ennui de paraître autrement que je suis
d'ame et de visage!

— Eh! monseigneur, reprit madame
de Brézé en souriant à François Ier, qui
était prêt à s'irriter de la désobéissance de
son bouffon, vous êtes moult tyrannique,
et il ne serait pas bon que fussiez roi, pour
vos sujets. D'autre part, Caillette, c'est
obstination malhonnête de refuser l'exercice
de votre charge, où je serais contente
d'estimer ce que vous valez comme fol-
sage.

— De par Dieu! madame, dit Caillette
avec un accent de reproche, vous ôtez les
écailles de mes yeux, et je regrette mon

aveuglement; mais d'avance apprenez qu'il me plaît sur toutes choses de vous plaire ; donc je ferai le fol, puisque vous voulez.

A ces mots, il commença une scène pantomime dont il jouait seul tous les personnages ; d'abord, il donna un air souffrant à ses traits, se coucha par terre et représenta M. de Saint-Vallier malade dans sa prison ; puis, avec des grimaces et des contorsions effroyables, il feignit d'être en proie aux angoisses de la torture ; ensuite il imita tellement les manières et les grimaces du chancelier Duprat, que François 1er ne put retenir ses éclats de rire, tandis que les yeux de Diane s'obscurcissaient de larmes.

Tout-à-coup Caillette changea de rôle ; prenant une physionomie noble et résignée, il croisa les bras, releva le front et fit semblant de marcher à l'échafaud ; il traversa la salle d'un pas solennel, s'arrêta devant une escabelle, s'agenouilla, posa la tête dessus et ferma les yeux.

Un cri et un mouvement de Diane l'empêchèrent de continuer cette scène déchi-

rante; il contempla tristement madame de
Brézé, et, la voyant fondre en pleurs, il se
mit aussi à pleurer en joignant les mains
comme pour lui demander grace.

— Foi de gentilhomme! s'écria le roi avec
emportement, est-ce là donc suivre mes
ordres souverains? Eh quoi! lorsque je
commande qu'on me divertisse plaisam-
ment, ce maître sot engendre tristesse au
lieu de soulas, en affligeant par ses mome-
ries lugubres ma dame, que je veux ébaudir!
à quel objet jouer ce jeu mal séant, sans
sonner mot? Çà, monsieur le fol, avisez à
faire joyeux visage, ou, de par Dieu!...

Il fut interrompu par un geste négatif de
Caillette, qui, se redressant, la tête haute,
le regarda un moment avec mélancolie, puis
tourna ses yeux pleins de larmes vers Diane,
qui baissait les siens, et lui adressa la parole, d'un accent imposant qu'on eût dit
descendu de la chaire évangélique :

— Diana, madame et chère dame, que
faudra-t-il répondre à monseigneur votre
révéré père, lorsque, allant subir sa sentence en place de Grève, il demandera si sa

fille, qui lui est plus chère que tout, a bien
gardé l'honneur de son nom?... Or, me
suis-je fait follement caution et garant de
votre bonne vie ; il conviendra donc que
j'en porte la peine, et je me donnerai le
coup de mort plutôt que voir contaminer
la gloire pure et nette du pauvre seigneur
de Saint-Vallier. N'ayez peur toutefois que
je l'informe de ce qui se passe! je lui épar-
gnerai cette poire d'angoisse qui le tuerait
sans miséricorde, en blessant son cœur, le
bourreau aura charge de frapper le corps,
ne portez pas atteinte à l'âme immortelle.

— Sur ta tête, tais-toi, Caillette! s'écria
François 1er dans une effroyable colère; la
présence de madame est cause que j'use de
paroles avant d'employer la main et l'acier
pour te réduire au silence. Mais c'est assez,
c'est trop, foi de gentilhomme!

— Sire, reprit Caillette avec une dignité
humble et tranquille, jugez qui de vous ou
de moi doit gouverner et conseiller madame
de Brézé? Est-ce son père ou son mari qui
vous a remis ses pouvoirs sur elle? Pour
moi, je parlerai tant que j'aurai voix en bou-

che, et aussi m'efforcerai de maintenir madame en la droite voie.

— Fol outrecuidé, repartit en grinçant
les dents de rage le roi, qui fit un mouvement pour se lever et fut retenu par Diane,
fol ingrat et ennemi de toi-même, as-tu pas
mérité que je te fasse perforer la langue
d'un fer rouge, arracher ongles et paupières, crever les yeux, couper le nez, les lèvres et les oreilles, voire tailler en menus
morceaux! Tête-Dieu!... Il t'en coûtera
moult de ce que j'ai blasphémé dans l'aveugle fureur où je suis! Sors, va-t'en, vide de
céans, et, pour avoir la vie sauve, éloigne-
toi tant que tes jambes ou celles de ton
cheval te pourront porter!

— Caillette, ajouta Diane, retirez-vous
jusqu'à ce que le courroux de monseigneur
soit passé; je vous conjure, je vous ordonne de ce faire; obéissez à moi sinon à
tout autre, et me délivrez de cette anxiété
en vous mettant à l'écart.

— C'est bien dit, madame; à vous j'o-
béirai tôt, car, en cette affaire, vous seule
avez droit d'ordonner de votre serviteur.

En achevant ces mots, il salua respectueusement Diane, lança un regard sévère
à François 1er, et sortit à pas lents, comme
à regret; le roi le suivait des yeux avec une
rage concentrée.

— Triboulet, Triboulet, cria-t-il, lorsque
Caillette eut disparu dans les détours du
labyrinthe, voudrais-tu point gagner aisément deux cents angelots d'or de mon
épargne?

— J'en gagnerais volontiers davantage,
si vous le voulez bien, dit Triboulet, qui
accourut en chancelant.

— Prends cette dague, mon fils, continua
le roi en tirant son poignard, et va sur-le-
champ par derrière férir Caillette, qui a
offensé son seigneur.

— O monsieur de Valois, interrompit
Diane avec effroi, n'en faites rien, et par-
donnez à cet insensé, qui a péché par bonne
intention.

— Maître, dit Triboulet, dont la face
avinée s'anima d'une joie féroce, sitôt que
l'aurai rejoint, ce hardi parleur, je veux
que la pointe de cette lame, enfoncée au

dos, ressorte par la poitrine ; néanmoins je vous tiens quitte de la récompense des pièces d'or. Mais, pour ce beau coup, ne serai-je pendu comme meurtrier ?

— Les lois sont hors de ma puissance ! répliqua le roi, qui, adouci tout-à-coup à la voix de Diane, chercha un détour honnête pour se rétracter ; la potence est dressée et la hart filée de chanvre neuf. Quant à la somme promise, vaut-elle de courir les chances d'un arrêt criminel ?

— O monseigneur ! se récria Diane, vous êtes si fidèle observateur d'équité, que ce serait tout profit que fussiez roi ; et certes, vos sujets se diraient bien heureux, moi la première...

Madame d'Angoulême parut soudain sur le seuil de la porte, où elle s'arrêta, austère et majestueuse dans ses habits de deuil ; Diane, qui parlait encore, se tut aussitôt et trembla comme si c'était une vision venue de l'enfer ; François Ier, surpris et contrarié de l'arrivée de sa mère, devint tout pâle et se mordit les lèvres à en faire sortir le sang ; cependant il ne bougea pas, et attendit en silence l'explication qui semblait inévitable.

— Tout beau! monsieur, dit la duchesse, c'est à grand'peine qu'on vous peut entretenir des affaires de votre gouvernement; je pensais que vous faisiez quelque rude pénitence de vos péchés, pour laquelle l'huis de Dédalus était clos et gardé depuis un mois?

— Foi de gentilhomme! interrompit le roi, aussi n'avais-je point sans raison défendu l'entrée de ce lieu; je châtierai de bonne manière les traîtres qui ont fait cette faute de vous en ouvrir la porte.

— Faites-en à votre idée, reprit la mère du roi; aussi bien, tôt ou tard, ces coquins d'archers écossais seront-ils pendus haut et court. Mais devisons, monsieur mon fils, sur le plus pressé, et cette belle dame soit présente à notre entretien, s'il lui plaît.

— Non pas, madame; je ne vous entendrais à cette heure, s'agirait-il du salut de la France, et tantôt, demain, les jours suivans, nous conférerons de nos faits en temps et lieu plus opportuns.

— Voirement, monsieur, vous mettez en

oubli qui vous êtes, quels sont vos devoirs,
et négligez toutes choses pour vaquer à l'a-
mour des dames, ne sais combien? Certes,
ce n'est chose à blâmer que la courtoisie;
mais vous ne regardez guère à la condition
de vos maîtresses, pourvu qu'elles soient fris-
ques, galantes et bien faites. Vous les ra-
massez au plus bas lieu, entre les avocates,
boulangères, greffières et pis encore. Votre
mauvais démon Triboulet vous excite à de
telles vilenies indignes de vous, et cent
coups de fouet, ce me semble, le paieraient
suivant ses damnables offices.

Ces reproches, débités avec violence et
acrimonie, produisirent moins d'impression
sur François Ier que sur Triboulet, qui se
glissa sans être aperçu sous les degrés de
l'escalier, s'y blottit et resta dans cette cachette sans oser presque respirer.

Diane, dont l'étonnement augmentait à
chaque parole de madame d'Angoulême, la
considérait avec stupeur et ne savait quelle
contenance tenir. François Ier avait été do-
miné d'abord par son respect pour sa mère,
qui lui imposait toujours; mais cette verte

allocution contre ses mœurs, en présence de Diane, lui fit monter le sang au visage; il porta la main à sa barbe, qu'il secoua vivement, et ne réussit pas sans peine à contraindre un peu son irritation.

— Foi de gentilhomme! vous venez mal à propos, madame ma mère, lui dit-il, et le mieux serait, pour vous comme pour moi, de n'être point venue; vos conseils sont bons à ouïr, mais en autre temps et autre endroit; or déportez-vous de rien ajouter à ce beau panégyrique. Finalement, si le cas est urgent, dites ce qui vous amène céans?

— Oh! je le dirai, et suis réjouie que madame y prête l'oreille. L'arrêt qui condamne le sieur de Saint-Vallier est en date du seizième de janvier, et l'exécution n'en fut point faite, alors, nonobstant la loi et coutume, nonobstant votre grand serment, nonobstant le désir que j'en ai : ce jour-d'hui, quinzième jour de février, je me réclame à vous pour obtenir accomplissement dudit arrêt. Entendez-vous, madame?

— Hélas! reprit Diane tout émue, à qui est-ce que vous parlez de telle sorte?

— Quoi! dit ironiquement Louise de
Savoie, êtes-vous nice à ce degré d'ignorance, ma pauvre fille? monsieur votre hôte
vous a celé ce mystère, de peur de vous
faire trop joyeuse; possible est que sa majesté vous réserve l'emploi de la comtesse de
Châteaubriant, sa mie...

— Le roi! c'est le roi! s'écria tout-à-coup
avec une explosion de larmes Diane, qui
fixait un œil scrutateur sur François Ier
troublé et indécis. Ah! merci de ma vie!
M. de Valois n'est autre que le roi de France,
mon seigneur et maître!

— Foi de gentilhomme! dit le roi mettant un genou en terre devant Diane, qui se
désolait : aussi bien la feinte me pesait;
oui, je suis le roi de France par la grace de
Dieu; mais pour amour de vous, mon cher
astre, toujours serai-je M. de Valois, sans
plus, et votre amant.

— Sans doute, objecta madame d'Angoulême avec un sourire méchant, le sieur de
Saint-Vallier étant exécuté à mort, ce n'est
rien ou peu de chose dout l'amour soit di-
minué.

— Jamais! oh! non, jamais! répéta Diane
abîmée dans sa douleur. C'était le roi! pourtant mon père ne m'en donna point avis?...

— Par la morbieu! madame ma mère,
dit François Ier parcourant la salle à grands
pas, vous aviez bien affaire de venir? est-ce
pas qu'il vous importune que je tienne une
amie d'autre part que de votre main? Fi!
dorénavant point ne me laisserai-je piquer
par vos fines mouches de cour, et il me
plaît de choisir une qui m'aime hors de ma
qualité de roi. Ainsi ne cuidez pas que je
vous fasse tort en votre grande puissance,
car ma Diana n'aura cure que de mon cœur
et point de mon royaume.

— Ah! sire, sire, mon noble sire, répétait
Diane joignant les mains d'un air suppliant,
avez-vous bien pu me tromper si griève-
ment! Las! hélas! mon Dieu, prenez pitié
de ma débilité! grace! merci! pardon!

— Foi de gentilhomme! reprit le roi qui
l'empêcha de lui embrasser les genoux, ma
très chère Diana, c'est à moi surtout qu'il
sied de requérir indulgence plénière touchant ma ruse et déguisement.

— Malheureuse!... disait Diane avec les
signes d'un violent désespoir, j'ai péché
contre le bon Dieu, contre monseigneur mon
père, contre monsieur mon mari! Sire, je
vous resupplie et vous recrie d'octroyer des
lettres de rémission au sieur de Saint-Vallier?

— Otez cette espérance, objecta madame
de Savoie : l'arrêt est signé et scellé ; outre
ce, le roi abjura son droit de clémence en
face du crucifix...

— Gardez d'y croire, Diana, interrompit
François Ier avec impétuosité, je vous jure
que M. de Saint-Vallier.... Non, madame,
ajouta-t-il se tournant vers sa mère, cela
point ne sera, et les docteurs de Sorbonne
savent par quelles pénitences, par quelles
œuvres pies on rachète les plus solennels
sermens.

— Sire! madame! monsieur de Valois!
disait Diane hors d'elle-même : hélas! sauvez
ma bonne renommée, remettez-moi au pouvoir de M. de Brézé, si rude soit ce parti!...
Suis-je pas logée en l'hôtel du roi ? Oh! faites que je retourne en mon château d'Anet!

— Ma bien-aimée Diane, répondit tendrement François Ier, qui s'efforçait de l'apaiser et de la consoler, ordonnez de moi et de vous comme bon vous semblera ; mais cessez ces lamentations qui me boutent la mort en l'ame. O ma douce mie, ai-je donc tant changé à vos yeux pour être devenu roi ?

— Sire, s'il est vrai que vous m'ayez aimée sans feinte ni moquerie, ôtez-vous de là et me laissez seule, afin que mon faux amour s'écoule par mes yeux !

— Triboulet ! Caillette ! cria le roi effrayé de l'égarement toujours croissant de Diane, n'est-il personne qui s'en aille quérir le médecin Agrippa ? Demeurez céans, madame ma mère, jusqu'à ce que je revienne !

— Pour Dieu ! répliqua Diane en sanglotant, ne revenez plus, sire ; en même temps, menez loin d'ici madame d'Angoulême, qui semble si contraire au pauvre seigneur de Saint-Vallier ; mais tirez autre part, pendant que la honte me rougit le visage. Oh ! je ne vous hais pas, monsieur de Valois, onc ne pourrais vous haïr ! mais écartez madame, qui rit de mes larmes et de mon désespoir filial...

— Madame, dit amèrement le roi à la duchesse, tout ce mal est votre œuvre, et encore n'est-ce pas tout! Çà, venez sans délai, et Dieu vous pardonne!... Diana belle, tenez ma royauté pour votre petite servante, et ne portez pas si grosse rancune à M. de Valois. Adieu, et vous baise mille fois en idée!

François Iᵉʳ s'inclina devant elle avec respect, offrit la main à la duchesse d'Angoulême, l'entraîna d'un mouvement brusque, se retourna deux fois pour jeter à Diane un suppliant regard d'amour, et sortit en adressant de vifs reproches à sa mère, qui souriait d'un air froid et cruel.

Diane écouta leurs voix et leurs pas qui se perdaient dans le lointain; quand elle ne les entendit plus, elle se laissa tomber sur un banc, la tête dans ses mains, et pleura silencieusement. Absorbée dans les pensées que lui suggéraient la perte de son illusion au sujet du faux M. de Valois et la connaissance du péril presque inévitable dont son père était encore menacé, elle avait retrouvé un peu de calme extérieur, quand, relevant la tête, elle aperçut Cail-

lette, qui, debout contre la porte, restait
attentif à la regarder avec tristesse.

— Ma chère dame! s'écria-t-il en s'approchant d'elle, dès qu'il remarqua des pleurs
dans ses yeux et la pâleur sur ses traits :
qu'est-il donc advenu en mon absence ?
Pourquoi tels signes de deuil gâtant votre
beau visage? Dites, ma dame et maîtresse,
peut-on remédier à ceci? Voyons ce que c'est.

— Oh! Caillette, mon ami, répondit Diane
avec des soupirs étouffés, M. de Valois n'é-
tait autre que le roi de France.

— Par la morbieu! madame, eussiez-vous
pu l'ignorer toujours!

— Caillette, les rois, princes et courti-
sans sont moult trompeurs! Insensée, je
cuidais qu'il m'aimât loyalement, et M. de
Valois se jouait ainsi de ma simplicité : ce
sont plaisirs de roi!

— Quoi! s'écria Caillette avec transport,
vous faites si peu de cas de l'état de roi, que
M. de Valois vous plairait davantage ?

— Oui-da, et tant plus aimais-je M. de
Valois, tant plus je m'efforce de haïr le roi
François Ier.

— Oh! Diana, parlez franc, reprit Caillette qui tremblait de tout son corps ; ne me prêtez cette joie en vain : êtes-vous acertainée de n'aimer plus le roi ?

— J'en fais témoin la très sainte Vierge, ma patronne immaculée ! Avec son aide pourrai-je éteindre la mémoire de M. de Valois, et, afin d'y réussir plus tôt, je pars à cette heure pour la Normandie.

— Onc n'ai senti semblable liesse ! Vous ne l'aimez point !... Eh bien ! quand partez-vous ? C'est un dessein prudent que votre bon ange vous mit en l'esprit, et il importe de ne retarder guère cette belle départie.

— Oui-da, mon bon Caillette, cuides-tu que le roi ne s'y oppose ?

— Demain, sans doute ; ains, cette nuit, avant qu'il songe à vous retenir par force, je vous conduirai hors de l'hôtel des Tournelles, où vous êtes à votre insu.

— Volontiers ; toutefois, mon ami, j'ai regret à cette fuite nocturne, et la préférerais en face du soleil.

— Dieu et les saints nous soient en aide ! o roi vous circonviendra de remparts, gar-

des, argus et espies pour vous tenir prison-
nière; alors, comment vous préserverai-je
de ses violences? vos amis et serviteurs n'y
peuvent-mais. Autrement, vers la mi-nuit
prochaine, j'ai pouvoir de vous retirer de
ces dangers, et demain je vous rends saine
et sauve en votre château d'Anet, qu'avez
déserté à tort et à mauvais conseil.

— Et ce-pendant, qu'arrivera-t-il de mon
misérable père et de son arrêt en sur-
séance?

— Ayez, sur ce, espoir et assurance en
la promesse du roi notre sire, qui n'a de sa
vie forfait à l'honneur.

— Donc, à la grace de Dieu, Caillette, je
consens à tout, et ce que ferez sera bien
fait.

— Observez ce qui s'ensuit : sous couleur de dormir plus tôt que de coutume,
congédiez damoiselle Nicole et demeurez enfermée dedans votre chambre ; toutefois, au
lieu de vous mettre au lit, tenez-vous prête
à partir et revêtez vos accoutremens de
voyage; car, une heure sonnant, au chant
du coq, que j'imiterai trois fois sous votre

fenêtre, vous descendrez à petit bruit en
cette salle : le demeurant est mon affaire.

— Caillette, mon seul et vrai ami, voilà
que vous me sauvez des embûches de sé-
duction ! Aussi bien les rois (davantage le
nôtre) ne se font faute d'induire en erreur filles et femmes en poussant de gros
soupirs d'amour qu'emporte le vent. Est-ce
pas que M. de Valois fut un faux et déloyal
amoureux ?

— Certes, Diana, je l'atteste, et j'en cite-
rais un mieux aimant, sinon mieux aimé !... Dieu vous garde jusqu'à la nuit
close ! Faut que je voise tout préparer pour
partir d'ici en toute sûreté ; trois chants de
coq sous votre fenêtre, tel est le signal convenu.

— Merci, mon Caillette; ains, d'où vient
que je ressens une frayeur extrême comme
si je devais rencontrer des obstacles, quelque échec peut-être imprévu, ou je ne sais
quoi ?... Adieu seulement jusqu'aux chants
du coq !

Madame de Brézé, encore indécise sur la
résolution qu'elle prendrait au dernier mo-

ment, tendit la main à Caillette, qui, s'en emparant avec délire, la couvrit de larmes et de baisers; mais Diane ne vit dans ce transport et dans cet attendrissement que l'expression du zèle d'un serviteur dévoué.

Caillette s'en alla sous l'influence d'un sombre pressentiment, et Diane demeura long-temps en contemplation devant un magnifique portrait de François Ier, représenté avec les attributs d'Hercule, dompteur des Pygmées. Elle reconnut le roi et M. de Valois dans cette vivante peinture de Léonard de Vinci.

Pendant ce muet tête-à-tête entre elle et le tableau, un léger cliquetis de grelots la fit tressaillir; elle eut peur, elle remonta dans sa chambre, dont elle ferma la porte, sans invoquer les soins de dame Malon; et attendit la nuit avec plus d'inquiétude que d'impatience: elle s'attristait au contraire en la voyant venir.

A peine eut-elle quitté la salle basse, que les grelots qu'elle avait entendus tintèrent de nouveau, et Triboulet sortit avec précaution de dessous l'escalier, où il était ca-

ché depuis l'apparition de la duchesse d'Angoulême; il prit un flacon de vin sur la table
encore servie, le vida d'un trait, et traversa
en courant le Labyrinthe :

— Par les Sept Sages de la Grèce! disait-
il en ricanant, madame Diane ne s'attend
point à tomber de Caillette en Triboulet,
comme de Charybde en Scylla!

X.

Ce fer nud soyt une barrière
A passer oultre, en arrivant :
Crains de faire un pas en avant ,
Bien plus tost que cent en arrière.
Ça, de quel poinct souffle le vent ?

L'Emprise périlleuse.

X.

La nuit était sans lune et sans étoiles;
l'hôtel des Tournelles s'endormait au milieu
d'une profonde obscurité, et le Labyrinthe,
dans sa morne étendue, ne répétait point
d'autre bruit que les soupirs du vent à
travers les arbres, le croassement d'un cor-
beau ou le cri d'un pivert, et les pas égaux
des archers veillant le long des murs d'enceinte.

La tour de Dédalus s'élevait sombre et silencieuse, ainsi qu'un grand tombeau entouré de pins, d'ifs et de cyprès; seulement, par intervalles, une clarté soudaine illuminait la fenêtre du premier étage; puis une ombre passait devant les vitraux éclairés, et comme si un épais rideau venait de retomber entre eux et la lumière, tout rentrait aussitôt dans les ténèbres.

Il n'était pas encore minuit, quand deux hommes enveloppés de grandes capes brunes, se présentèrent à la porte du Labyrinthe, où les sentinelles, criant : *qui vive?* se préparaient à les recevoir avec la pointe de leurs pertuisanes.

— Foi de gentilhomme! mes amis, c'est le roi! répondit François Ier découvrant son visage, tandis que Triboulet faisait briller une lanterne qu'il portait sous sa cape.

— Sire, reprit humblement le chef des archers, en cette aveugle nuit, sans luminaire, je serais bien empêché de reconnaître votre majesté entre tous ses sujets.

— Hé! capitaine Bourgeon, à cette cause je vous pardonne votre singulière imprudence d'avoir livré passage à madame d'Angoulême, en dépit de mes commandemens. Si j'avais moins belle humeur, messieurs, je vous baillerais l'ordre du grand-prevôt, à savoir, un collier de chanvre neuf.

Les soldats s'inclinèrent tout tremblans, et, dès que la porte fut ouverte, le roi, escorté de son fou, qui marchait fièrement la tête haute, se dirigea d'un pas précipité vers la tour du Labyrinthe. Triboulet, s'efforçant de le suivre, poussait une bruyante haleine à chaque enjambée, et restait toujours en arrière.

— Sire, dit-il enfin à voix basse, demeurez, afin de convenir de nos faits premièrement.

Le roi, malgré l'impatience qui faisait bouillonner son sang, s'arrêta et alla rejoindre Triboulet, déjà assis tout essoufflé sous une tonnelle de buis.

— Eh bien! mauvais démon! lui dit François Ier en le rudoyant, es-tu pas envoyé par mes pires ennemis pour m'ôter de si précieux momens? Au diable soit le fâcheux!

— Mon très cher maître, répondit Triboulet, en toute affaire il est besoin d'agir
par ordre et compas. Donc, êtes-vous plus
obstiné à forcer la dame qu'à user de son
honnête consentement ?

— Par ma barbe ! l'un ou l'autre parti
est bon, quoique le premier soit meilleur ;
si point ne réussis dans mon entreprise, je
te concède droits et pouvoirs de mettre à fin
pour mon compte le projet du traître Caillette.

— Doublement traître est-il, car non seulement il prétend ravir celle-là que vous
aimez, mais encore triompher d'elle en votre lieu et place.

— Foi de gentilhomme ! compère, la farce
serait joyeuse à voir, et Diana, j'imagine,
ferait sa vilaine intention camuse. O la belle
rivalité entre nous !

— Nonobstant, j'ai regret et doutance de
ce que ledit Caillette soit à cette heure en
liberté, ne sais où, peut-être céans : son
cas valait mieux que la prison; et vous êtes
bien payé de votre clémence à son égard !

— Je le voudrais encore dans la geôle du

Grand-Châtelet ; mais pas un ne l'a vu ou rencontré depuis qu'il sortit de Dédalus vers trois heures de relevée. Demain il sera temps de le prendre et juger. Toutefois je m'en vais où m'appellent deux yeux rayonnans, et Diana ne se plaindra pas du change, au fol Caillette succédant le roi moult amoureux.

— Autrement fût-elle digne d'être si bien adorée ! ores, n'omettez rien de ce qu'il faut : l'huis secret ouvrant contre le lit de madame Diane, le loquet du clavier et l'issue souterraine.

— Va, mon mignon, amour est plus habile de nuit qu'en face du clair soleil, et les gonds, verroux et serrures fussent-ils rouillés, ce n'est de quoi m'inquiéter. Foi de gentilhomme! honni sois-tu d'avoir tardé jusqu'à ce, à m'enseigner ce gentil chemin !

— Oui-da, sire, depuis le trépassement du roi Louis onzième, lequel fit édifier ce passage furtif, moi seul en connaissais le mystère, de la bouche du feu roi des ribauds.....

— Sans tant dégoiser et bayer aux cor-
neilles, donne la lanterne, et demeure à
cette place durant que je tenterai l'entreprise.

— Possible est, sire, qu'Aurora revienne
avant vous; car, en affaire galante, mesda-
mes les Heures ne s'arrêtent à compter leurs
pas. Or, l'attente me semble rude par la
nuit et le froid, dont suis-je tout frisson-
nant, mon beau cousin.

— O bien malhonnête fol, voudrais-tu
pas être présent à l'événement? Pars d'ici,
et retourne à ton somme, s'il t'ennuie de
m'attendre en plein vent; néanmoins pour
loyer de tes bons avertissemens, auras-tu
quatre cents livres de mon épargne.

— Sire, merci vous dis; mais ordonnez
que M. Preudhomme, et non son grand
singe, fasse le paiement de la somme, laquelle j'emploierai au bien de votre état, en
achetant marotte neuve ouvrée de fin argent. Outre ce, rendez-moi la lanterne,
d'autant que n'en avez que faire où vous
allez.

— Il ne me chaut de la lanterne et du

lanternier ; ains, c'est trop de raisons : en
cette occurrence, faut moult agir et parler
peu. Çà, marche devant, et me conduis, s'il
te plaît.

— Vraiment! le moyen de vous accompagner au train dont vous marchez ! Ce
pendant que serez guerroyant contre la
vertu de madame Diane, je garderai qu'on
ne vous dérange...

— Le mal Saint-Main et les fièvres quartaines te puissent prendre, pour ce que tu
fis tort d'un quart d'heure à mes amours!

Triboulet avait beau presser le pas,
François Ier, dans son empressement de
mettre à fin l'aventure dont madame de
Brézé devait être la victime, devançait toujours son guide.

Pendant qu'ils approchaient du terme de
leur expédition nocturne, le rayon de la
lanterne, courant devant eux, fut aperçu
de loin par Caillette, qui errait dans le fond
du Labyrinthe en attendant avec inquiétude
l'heure fixée pour la fuite de Diane.

Caillette sentit ses cheveux se hérisser et
une sueur froide baigner son front. Il resta

immobile, le regard attaché sur la lumière
vacillante qui disparaissait et reparaissait
par intervalles, semblable à un feu follet ;
puis, à cette lueur douteuse, il distingua
deux hommes se glissant, comme des spec-
tres, du côté de la tour.

Son premier mouvement fut de porter la
main à son épée, et d'aller droit à ces in-
connus pour les interroger ; mais il vint à
penser que le roi pouvait être l'un des deux,
et cette réflexion le frappa d'un douloureux
pressentiment ; il évita de se montrer, et se
contenta de suivre à distance ces gens dont
les desseins lui étaient suspects. Il s'appro-
chait sans bruit, d'arbre en arbre, de buisson en buisson, retenant sa respiration et
suspendu sur la pointe du pied ; mais au
moindre frémissement d'une feuille sèche,
Triboulet tournait la tête avec anxiété, et
croyait voir se projeter une ombre derrière
lui.

Caillette trembla de tous ses membres, et
se sentit défaillir en entendant ces mots prononcés d'une voix qu'il reconnut bien :

— Foi de gentilhomme ! j'eusse mieux

fait d'y aller sans ce fol ensorcelé qui avance
à reculons, ainsi que l'écrevisse? Je jure-
rais que l'huis secret et le souterrain n'exis-
tent qu'en sa fantaisie! Çà, où donc est-il
ce maudit songeur?

François Ier, jurant entre ses dents, exa-
minait et tâtonnait le mur de la tour de Dédalus; Triboulet oublia sa frayeur à l'appel
du roi, courut le rejoindre, et, au lieu de
répondre à ses malédictions, il fit un cir-
cuit dans les broussailles arides qui cou-
vraient la partie méridionale de la tour, et
poussa un ressort caché entre deux saillies
de la muraille; aussitôt une lourde porte
de pierre s'ouvrit d'elle-même avec un grin-
cement sonore : le roi ne put retenir une
exclamation de joie.

— Mon cousin, dit Triboulet enflé d'orgueil, mon office n'est que de bourdes et
folies; mais cette fois ai-je parlé plus vrai
que prédicateur en chaire.

— De par Dieu! reprit vivement Fran-
çois Ier, je n'ai point loisir de deviser avec
toi, mon fils; à Dieu te command'! Or ne

t'éloigne de cette porte, afin que tu viennes
à mon aide, si besoin est.

— O mon cher sire, s'écria Triboulet,
qui se voyait condamné à rester seul dans
le Labyrinthe durant toute la nuit, ayez
commisération de la grosse peur qui me
tient, et ne délaissez ainsi votre fidèle do-
mestique, sans armes ni gardien, en proie
aux loups, vipères, larrons et assassins !

— Valet de la peur, dit le roi tirant son
épée et la lui présentant ; si ce n'est qu'un
fer pointu que tu désires, prend ma bonne
lame, de laquelle j'ai fait rage à la journée
de Marignan ; prends donc, d'autant qu'elle
ne me servirait de rien où je vais.

— Une parole en plus, sire : vous trou-
verez, à droite, étroit souterrain, escalier
à vis de trente degrés environ, et l'huis
barré qu'il vous faut ouvrir en ébranlant
l'anneau de fer...

Le roi, dont l'impatience augmentait en
raison de ces retards, se déroba enfin à la
terreur loquace de Triboulet, en pénétrant
hardiment dans le souterrain, sans lumière
et désarmé.

Caillette, couché à plat ventre près de l'endroit où François Ier et son fou s'étaient arrêtés, avait entendu leur dernier dialogue; mais il ignorait encore quels résultats devait avoir ce complot ténébreux, car le nom de Diane n'avait pas été prononcé. Quoique cette porte secrète et ce souterrain semblassent destinés à jouer un rôle mystérieux, il se flatta que le roi n'était pas venu mettre obstacle à la fuite de madame de Brézé; son cœur battit moins fort, et il songeait à se retirer pour n'être pas aperçu, quand le soupçon lui vint d'une nouvelle méchanceté de Triboulet.

Aussitôt il se sentit saisi d'un irrésistible désir de suivre François Ier, qui avait disparu dans le souterrain. Entraîné par un pressentiment qui faisait bouillir sa cervelle et siffler le sang à ses oreilles, il se précipita vers la porte, demeurée entr'ouverte, et s'enfonça au hasard dans une obscurité profonde; tandis que Triboulet, épouvanté à la vue d'un homme, s'enfuyait, l'épée à la main, et, suffoqué par la rapidité de sa

course, se laissait tomber par terre à demi
mort d'effroi.

Le roi avançait avec précaution sous une
voûte basse, pratiquée circulairement dans
les fondations de la tour ; il tenait une main
sur son visage, de crainte d'un choc inat-
tendu, et de l'autre main touchait la muraille qui lui servait de guide. L'air dense
et humide qu'il respirait avait refroidi son
ardeur amoureuse, et il commençait à se
reprocher d'avoir ainsi exposé sa personne
sur la foi de Triboulet. Des crapauds et des
reptiles, troublés dans leur repaire, grouil-
laient sous ses pas. Il s'arrêta avec un sen-
timent involontaire d'horreur et de dégoût,
mais il reprit courage lorsqu'il rencontra la
première marche d'un escalier.

Quant à Caillette, ne sachant de quel côté
se diriger dans cette nuit silencieuse, où il
n'entendait que les battemens de son cœur,
il avait pris une route opposée à celle que
suivait le roi. Il parcourait impétueusement
les détours du souterrain, heurtait les parois
en passant, et s'égarait dans une atmos-
phère méphitique ; mais, par une inspira-

tion soudaine, il retourna en arrière, et
entra dans un chemin plus étroit, sous une
voûte basse, dont l'écho, muet depuis cinquante ans, lui renvoya un bruit de pas
éloignés.

François Ier avait monté une vingtaine de
marches, lorsque les pas de Caillette arrivèrent jusqu'à lui. Il écouta, et se persuada
que Triboulet cherchait à le rejoindre. Pour
éviter cet audacieux importun, il s'empressa
d'arriver au haut de l'escalier, où il fut ar-
rêté par une porte fermée. Il tressaillit de
bonheur en voyant poindre, à travers une
fente de cette porte, un faible rayon de lumière qui se reflétait contre le mur noir.
Les pas de son invisible persécuteur deve-
naient plus proches à chaque instant ; il ne
balança plus, et, promenant ses deux mains
frémissantes sur la porte, il ne rencontra ni
marteau, ni verroux, ni serrures, mais un
énorme anneau de fer qui résonna comme
un heurtoir.

A ce bruit éclatant, que prolongèrent les
échos caverneux, Diane, qui ne s'était pas
couchée, et qui se tenait prête à descendre

au signal de Caillette, signal de départ qu'elle
aurait voulu retarder encore, trembla moins
de peur que de désespoir, hésita un moment, s'arma de résolution, dit adieu tout
bas à son amant, puis à son père, et courant
vers l'endroit de sa chambre d'où partait un
frôlement étrange, un cliquetis de fer et
comme une respiration entrecoupée, elle
prêta l'oreille, et dit d'une voix fort émue :

— Est-ce pas vous, mon ami?...

Elle n'eut pas la force de proférer le nom
de Caillette, car elle ne reçut point de réponse : elle vit s'agiter le cuir vernis qui
formait la tenture, comme si les fleurs-de-
lis d'or allaient se détacher de leur champ
d'azur; elle recula terrifiée, et, rencontrant
un obstacle que son trouble ne lui permit
pas de distinguer, elle tomba évanouie sur
sa couche, et le flambeau qu'elle tenait,
échappant à sa main défaillante, jeta une
clarté plus vive, à laquelle succéda une nuit
épaisse.

En même temps, François Ier, qui se sou-
vint des instructions de Triboulet, secoua si
violemment l'anneau, que la porte de chêne,

emportée par le jeu d'un ressort caché,
glissa sur une rainure de fer, et rentra dans
l'épaisseur de la muraille. Le roi se trouva
encore dans les ténèbres ; mais à l'air tiède
qui circula tout-à-coup autour de lui, il
comprit qu'il était dans une chambre habi-
tée : un faible soupir exhalé près de lui mit
le comble à ses désirs et à ses expérances.

Cependant les pas entendus de plus près
et le sifflement d'une poitrine haletante
montaient vers lui du fond des souterrains :

— Foi de gentilhomme ! dit-il à demi-voix
en se pendant vers l'espace vide qu'occu-
pait auparavant la porte mystérieuse, monsieur le fol aura pour accueil deux bouton-
nières saignantes à son pourpoint !

Mais il se rappela qu'il n'avait pas d'épée ;
et, mugissant de fureur, il essaya en vain,
avec ses ongles ébréchés par l'effort, de re-
fermer la porte, qui avait disparu tout entière.

Alors Caillette parvenait au pied de l'escalier, et le roi, ramené dans la chambre par
un nouveau soupir, qu'il interprétait en faveur de son amour, oublia tout pour une

seule pensée ; et fit quelques pas dans la
chambre , les bras étendus en avant.

— Diana, disait-il doucement, comme pour
fléchir des refus, Diana belle, voici votre roi,
qui se vient rendre votre premier sujet !
Diana de mon cœur, venez çà expérimenter
mon grand amour ! Pourquoi ce fâcheux
silence en réponse ? Diana faites sonner un
mot plus harmonieusement que flûte ou rebec , et dites : J'aime ! Méchante, oyez ma
requête amoureuse ! que si je vous fis offense
quelconque , je m'humilie en pénitence. O
Diana chère, Diana mienne, ne vous reven-
gez par trop de cruauté !...

Il n'acheva pas ; car , ayant voulu s'approcher dans la direction du lit, il fut soudain retenu par une main d'homme qui lui
saisit le bras avec violence, et le serra comme
dans un étau.

François Ier demeura un moment, immobile et indécis, au pouvoir de son adversaire,
dont il entendait la respiration précipitée
se mêler à la sienne ; l'obscurité augmentait
ses appréhensions , et , ne trouvant plus
d'épée à son côté, il crut qu'on allait l'as-

sassiner. Alors, rappelant tout son courage
et toutes ses forces, il chercha inutilement
à se débarrasser de cette étreinte qui re-
doublait d'énergie en raison des tentatives
qu'il fit pour la vaincre. Sa colère s'irritait
encore des transports trompés de l'amour ;
enfin, renonçant à se compromettre dans
une lutte qui ne permettait plus à ses soup-
çons de se fixer sur Triboulet, il adressa le
premier la parole à l'être invisible dont il
sentait les doigts de fer lui enfoncer, à travers son pourpoint, des ongles acérés dans
la chair.

— Foi de gentilhomme! s'écria-t-il d'une
voix altérée qu'il voulait faire paraître tranquille, est-ce homme ou démon qui me presse
tant amoureusement? Toutefois suis-je assuré
de ne point combattre envers madame Diane!

— Hors d'ici! lui répondit-on tout bas;
quel que vous soyez, point ne pouvez demeurer céans, l'honneur d'une dame étant
à ce contraire.

— Vraiment, mon beau cousin, êtes-vous
père ou mari de la belle, que parlez d'un
air si délibéré? Par la morbieu! céans res-

terai, et avisez à m'en exclure de vive force,
toute autre voie n'aboutissant à rien.

— Hors! vous dis-je, et n'attentez à la
renommée d'une noble dame par un éclat
malhonnête, sinon par vos faits. Partez
vitement, je vous prie !

— Holà! monsieur mon ami, il fait beau
ouïr parler de la sorte à ma personne! De
vrai, puisque je suis allé jusqu'en cette
chambre où j'ai affaire, je n'entends retourner quinaut comme un Anglais battu par
ses débiteurs : donc, fussiez-vous premier
ou dernier venu, le mieux est de me quitter
la place.

— Oh! non ferai, tant qu'une goutte de
sang en mes veines, une épée en ma dextre
et une idée en mon cœur soutiendront ma
ferme résolution! De par Dieu! n'avancez
pas, ou bien il vous faudra passer outre une
lame pointue, ainsi qu'oie en broche.

— Foi de gentilhomme! compère, c'est
trop jaser à l'aveugle, et onc n'avais-je ouï
parler ainsi à ma propre face. Arrière, vision
diabolique! Quel es-tu?

— Suffit que je sois, d'ame, de main et

d'armes, en bel état pour vous trancher l'orgueil et la vie... Las! malgré votre injure, Jésus-Christ m'est témoin que je mourrais de votre mort!

— Sur ma foi! la patience m'échappe, et j'ai envie d'envoyer à la hart ce philosophe nocturne qui cherche noise au roi.

— C'est mensonge manifeste de tenir ce langage outrageux à la majesté royale, car le roi notre sire, François Ier de nom, est sage, et amant de vertu, tellement qu'il châtierait pour l'exemple quiconque voudrait faire tort et grief à la dame dont il s'est rendu l'hôte. Est-ce pas le propre d'un voleur ou pillard que de s'introduire la nuit dedans les maisons, moyennant fausses clés, porte bâtardes et entreprises insidieuses?

— Foi de gentilhomme! ceci est la voix de Caillette! Çà, fol endiablé, quelle audace te tient de résister à ton seigneur et maître?

— Point n'ai présentement autre seigneur que le bon Dieu qui me conseille, point autre maître que le service de madame Diane, que vous molestez indignement; or, sans plus de querelle, retirez-vous, car il me répugnerait d'épandre votre sang en fontaines.

— Ah! interrompit Diane, qui entendit
ces mots en revenant à elle, Caillette, mon
bon serviteur, gardez-vous de commettre un
meurtre, bien plus, un parricide!

— La danse Saint-Guy te puisse virer tête
en bas et jambes en haut! s'écria François Ier
frappant du pied et s'agitant à grand bruit
pour aller vers Diane; fol ennemi de ton
repos non plus que du mien, veux-tu pas
que demain on chante pour toi *De profundis?*
veux-tu pas changer d'office, et devenir fol à
Montfaucon? ou plutôt voudrais-tu gagner,
plus aisément que la hart, orfévrerie, vaisselle d'argent et force écus-au-soleil?

— Aucunement, reprit Caillette d'une
voix tonnante: je veux tant seulement que
laissiez en paix cette dame qui ne vous a
cherché ni appelé; ce je veux; et il advien-
dra mal pour tous deux, si ne consentez à
sortir d'ici de bon accommodement.

— Misérable! repartit le roi engageant
un combat corps à corps avec Caillette, tu
sera boulu comme faux monnayeur, tenaillé
et torturé comme hérétique, brûlé et mis

en cendres comme magicien; alors, e', près
ce, tu ne douteras que je suis le r_ _ _ _ a
grace de Dieu!

— Sire, dit Caillette voyant que l'avantage
tournait contre lui, ne remuez ni bougez,
autrement je vous tue et me tue ensuite!

Diane poussa un cri d'effroi; François Iᵉʳ
crut recevoir le coup de la mort; mais le fer
resta suspendu à deux doigts de sa poitrine.

— Messire le fol, dit-il d'un ton railleur,
vous saviez que j'avais déposé l'épée, qui est
ma plus fidèle maîtresse, sinon votre vail-
lance n'eût pas été jusqu'à s'attaquer témé-
rairement au roi. Nous punirons moins votre
attentat encore que cette lâcheté et traîtrise.

— Sire, répondit Caillette d'une voix respectueuse, je ressens deuil véhément d'avoir
entrepris contre votre majesté; mais prières
et adjurations n'ayant réussi, je fus contraint de tirer l'épée hors de sa gaîne: c'est
pourquoi j'ai encouru sentence à mort et
m'y résigne. Maintenant, partez!

— Sire, à vous je clame merci! s'écria
Diane suppliante, n'abusez de la faiblesse
d'une femme et de la prud'hommie de votre

per'o sujet Caillette ; suivez le meilleur parti,
— Ah ! ma requête d'une oreille facile, et
montrez par là qu'êtes vraiment moins des-
pote que chevalier, comme il est bruit et los.
Certainement, l'enfer ou l'art magique vous
offrit issue en cette chambre ; et ce m'est
prouvé par vos mauvais desseins, dont ma
pudeur a vergogne. Or, dites votre patenôtre
avec l'oraison de la très sainte Vierge, pour
chasser l'intention du mal ; ensuite vous
aurez honte de tels excès, et dormirez d'une
seule traite jusques à l'aube. Sur ce, bon-
soir, sire ; et, par amour de moi, excusez
le pauvre Caillette d'avoir méconnu votre
royauté, que méconnaissiez vous-même.

— Foi de gentilhomme ! madame, répli-
qua François Ier, je fais retraite ; bien qu'il
m'en coûte trop ; car une parole de votre
bouche a sur ma volonté pouvoir que n'a
pas violence armée à l'avantage ; quant à ce
fol enragé, ne sais-je désormais qu'en faire,
et s'il ne convient pas que, pour toute peine
il soit fouetté tant que mort s'en suive...

— Prenez-le plutôt à clémence, mon digne
sire, interrompit Diane en se rapprochant

de lui ; il vous aime et vénère ; mon service a
pu seulement l'emporter à ces extrémités ;
évitez-moi donc un grand remords, et de
ce vous rendrai mainte action de graces.

— Las ! madame, reprit Caillette avec
amertume, ma chétive vie n'est pas chose à
regretter, et votre inestimable intercession
ne la peut racheter. Faites en sorte, au
contraire, qu'elle me soit vite ôtée !

— Sire, dit-elle encore, je requiers votre
foi jurée, et vous prie de partir de là sans
tarder un plus long temps. Que penserait
malebouche et médisance de ce que deux
hommes forcèrent nuitamment ma chambre.

— Je ferais couper la langue à quiconque
vous porterait diffame. Donc, je m'en vais
content, avec cette assurance que ne me
haïrez point. Dieu vous protége (aussi le
dieu d'amour), Diana trop et non jamais
assez adorée !

— Sire, dit Caillette, je suis votre prisonnier ; voici mon épée maudite, laquelle
a menacé son seigneur.

— Garde ton alumelle, fol héroïque, car

III.   8

possible que dans la cave où nous passerons
ensemble il te faille dresser un duel contre
crapaud, araignée ou serpent.

Cette ironie blessa Caillette au fond du
cœur ; cependant, sans y répondre, il descendit les degrés, moins préoccupé qu'il
était de sa conduite hardie envers le roi que
des piéges tendus à la vertu de Diane.

Tout-à-coup il remarqua que François Ier
ne l'avait pas suivi, et le bruit d'un baiser
réveilla ses douleurs en sursaut ; il assujettit
contre la muraille la garde de son épée, et,
tournant la pointe vers son cœur, il allait
se précipiter dessus, lorsque ces mots empêchèrent un suicide :

— Sire, disait Diane avec tendresse,
rejoignez ce bon Caillette, qui n'aurait
plus foi en votre parole, et, pour ce, vous
désestimerait.

— O Diana, répondit le roi, certes onc
n'ai failli à l'honneur, et même pour un
faux serment ne voudrais-je payer cela qui
me semble moult préférable à mon beau
royaume de France, voire à la vie. Adieu
donc, ma chère ame, jusques à la mort !

— Adieu donc pour un long espace de
temps, sire ; car j'ai grosse hâte de m'en
aller en mon château d'Anet, et baillez-moi
licence de ce faire.

De nouveaux baisers et des murmures
inarticulés affermirent Caillette dans son
funeste dessein ; mais pendant qu'il recom-
mandait son ame à Dieu, non sans d'amères
distractions, François Ier, qui s'était arraché
des bras de Diane, le rencontra au passage,
et le poussa rudement.

— Holà ! monsieur, lui dit-il, qui vous a
posté aux écoutes ? Avez-vous ouï comment
fut octroyée votre grace ? ou bien êtes-vous
en pâmoison ?

— Sire, répondit Caillette, ignorant de
quelle part vous tiriez, j'attendais pour
vous remontrer le bon chemin.

— Monsieur, vous suez la fièvre et n'êtes
guère plus sain de corps que d'esprit ; or,
quittez l'exercice de votre charge, afin que
votre pédagogue Agrippa vous guérisse
comme il faut.

— Onc ne me guérira-t-il, hélas ! et le
plus sûr médecin pour moi, c'est la mort !

François Ier continua de marcher en silence, touchant les murs humides pour ne
pas s'égarer : il s'était fait précéder par
Caillette, qui gémissait à chaque pas. Enfin une faible lueur, pénétrant au loin dans
l'ombre, annonça le terme de ce voyage souterrain ; le roi, qui avait craint pour sa vie,
respira plus librement quand il sortit de
l'abîme creusé par Louis XI, et quand, au
lieu d'une voûte basse, étouffée, ténébreuse,
il eut la voûte du ciel étoilé au-dessus de sa
tête.

Il jeta un coup d'œil autour de lui pour
chercher Triboulet, qu'il n'aperçut nulle
part ; il l'appela sans obtenir de réponse,
frappa du pied avec une colère concentrée,
et se dirigea d'un pas majestueux vers l'entrée du Labyrinthe. Caillette, qui l'accompagnait, mit un genou en terre, et tendit la
poignée de son épée, en disant :

— Sire, étant votre prisonnier, il ne sied
pas que je porte armes aucunes, avant qu'il
vous plaise ordonner de moi. En ce cas,
tenez mon épée !

— Vous la rendrez à mes gens, mon-

sieur, si vous le commande, répondit sèchement François Ier.

— Sire, faites-moi cet honneur de recevoir
de ma main cette lame, qui fut l'instrument
du plus grand sacrilége à l'encontre de votre
majesté.

—Fi! monsieur, qu'ai-je besoin de ce jouet
à tuer les mouches? M'est avis que voulez
me créer chevalier en folie. Votre épée est-
elle faite de roseau ou d'une plume d'oie?

— Sire, elle est trempée de bon acier,
et en la main d'un homme qui n'eût onc
rougi de la tirer honorablement pour votre
service. Ains, si m'en jugez indigne, seulement porterai le fourreau vide, en mémoire
de ce.

A ces mots, il la rompit, et en jeta les
débris aux pieds de François Ier, qui n'interrompit pas sa marche silencieuse.

Ils arrivèrent ensemble à la principale
porte du Labyrinthe, et Caillette se remit
de lui-même au pouvoir des archers écossais, qui lui lièrent les mains derrière le
dos, d'après l'ordre du roi, tandis que celui-ci
restait debout et pensif, les yeux attachés

sur un point lumineux que l'on voyait errer
à travers les arbres de Dédalus.

— Enfans, dit François Iᵉʳ en riant, mon
premier fol étant maláde d'une fièvre chaude,
tellement qu'il faillit attenter à ma personne,
faut le transporter sur l'heure au logis du
docteur Corneille Agrippa, qui remédiera
par son art à ce vertige, lequel provient de
quelques méchans sortiléges.

— Sire, répondit Caillette d'un ton de
reproche, avez-vous cœur à railler? Ainsi
n'ai-je pas fait, lorsque pareillement je te-
nais votre vie en ma puissance! Il serait gé-
néreux et charitable de m'octroyer la plus
prompte mort!

— Sire, dit le capitaine des archers, le
seigneur Agrippa est tant craint et renommé
pour ses maléfices que nul n'osera le troubler en son sabbat à cette heure de nuit.

— Foi de gentilhomme! interrompit le
roi, toutefois irez-vous aux flambeaux, et le
grand diable cornu y fût-il, n'appréhendez
rien d'icelui, votre patron ordinaire, qui chacun jour vous visite aux jeux des dés, des
tables, des épingles et des tarots, lorsque

vous, l'appelez dans vos blasphèmes. Allez
donc, et de peur que le pauvre insensé n'é-
veille par ses criailleries les gens qui dor-
ment en mon hôtel, voyez à lui clore le bec
au mieux possible.

— Sire, s'écria Caillette, quel crime ai-je
commis pour pâtir semblable traitement,
pire que la gêne et le trépas?

Il ne put en dire davantage, car les archers, qui mettaient un plaisir barbare à
outrepasser les ordres du roi, comme pour
se venger de leur effrayante mission à la tour
de l'astrologue, firent d'une ceinture de cuir
un bâillon capable de comprimer les plaintes
de Caillette : ses yeux remplis de larmes se
fermèrent alors comme s'il se fût assoupi.

Tout-à-coup un chant de coq retentit trois
fois du côté de la tour de Dédalus, et la lumière que le roi suivait des yeux disparut.
Caillette devint tout pâle, se jeta par terre
et s'y roula avec des crispations nerveuses
et des soubresauts à se fendre la tête ; mais,
voyant qu'il ne parviendrait pas à se déga-
ger de ses liens, il se résigna en gémissant
et regarda fixement François 1er, dont le

visage exprimait une satisfaction secrète et
une douce impatience.

— Soif de lansquenet! dit un des archers,
vous savez la chanson :

Coq chantant à la mi-nuit
Annonce départ anuit.

— Foi de gentilhomme! s'écria le roi, la
buccine du coq me plaît! Or çà, messieurs,
Dieu garde votre captif du mal de dents!

Caillette se tourmenta encore en contorsions furieuses et en efforts désespérés, qui
n'excitaient que les rires des soldats. François Ier rentra dans le Labyrinthe, dont la
porte fut aussitôt refermée derrière lui, et
Caillette, anéanti, ne bougea pas plus qu'un
mort lorsque les archers l'enlevèrent sur
leurs robustes épaules.

Cependant Diane de Poitiers, après que
le roi et Caillette se furent retirés, avait
écouté le retentissement de leurs pas dans
les souterrains; la terreur s'empara d'elle

avec le silence, et la molle langueur que les
baisers de son amant lui avaient laissée s'ef-
faça devant les fantômes nés de la solitude
et de la nuit. Cette obscurité qui pesait autour d'elle, ces apparitions imaginaires qu'elle
tremblait d'envisager, cette porte mystérieuse
restée ouverte, l'air glacial qui en sortait,
tout lui faisait souhaiter la présence d'un
être vivant : elle regrettait que Caillette l'eût
abandonnée; elle regrettait davantage que le
roi se fût éloigné; elle eût rappelé ce dernier si elle avait cédé à un mouvement irré-
fléchi. Enfin elle se prit à désirer le jour,
puis le signal convenu pour sa fuite; puis
enfin tout ce qui pouvait la rassurer.

Elle sortit par la véritable porte de la
chambre, et descendit à tâtons dans la salle
basse. Son effroi augmenta de plus en plus
lorsqu'elle entendit marcher dans les sen-
tiers de Dédalus : elle avait beau se répéter
tout bas que c'était le roi ou Caillette qu'elle
allait revoir, son pouls battait une fièvre
brûlante, les oreilles lui tintaient, elle ne
respirait plus qu'à peine.

Ce fut alors que trois chants de coq écla-

tèrent près de la tour : Diane tressaillit de
joie en songeant que Caillette venait la dé-
livrer de cet état d'angoisses insupporta-
bles. Elle fut confirmée dans cet espoir par
le bruit des pas qui s'approchaient, et par
la lumière qui ruisselait à travers les fentes
de la porte. Elle s'empressa d'ouvrir cette
porte, et de rejoindre un homme de petite taille, qu'elle crut reconnaître pour
Caillette.

La lanterne que portait cet homme l'iso-
lait dans l'ombre ; Diane s'entretint elle-
même dans son erreur, et même en suivant
ce guide muet, elle se livrait à de tendres regrets qu'elle sentait s'accroître à chaque
pas qui la séparait du roi. Ses jambes se
dérobaient sous elle à mesure qu'elle avançait vers la petite porte du labyrinthe :
cette porte était ouverte, et le coche du roi,
destiné à recevoir Diane encombrait la rue
Saint-Antoine de mules, de gardes et de
valets.

— Ah! Caillette, dit-elle vivement lorsqu'elle aperçut ce train de prince, vous
aussi avez finé et trompé comme les au-

tres! adonc, pourquoi tant de beaux sem-
blans?

Elle se sentit soulevée par deux bras vigoureux qui la déposèrent doucement dans
la voiture ; un éclat de rire aigu lui fit tourner les yeux : c'était Triboulet gambadant
à la portière.

Aussitôt un homme s'élança dans le coche qui s'ébranlait en criant sur ses es-
sieux : Diane se trouvait entre les bras de
François Ier.

FIN DU TROISIÈME VOLUME.

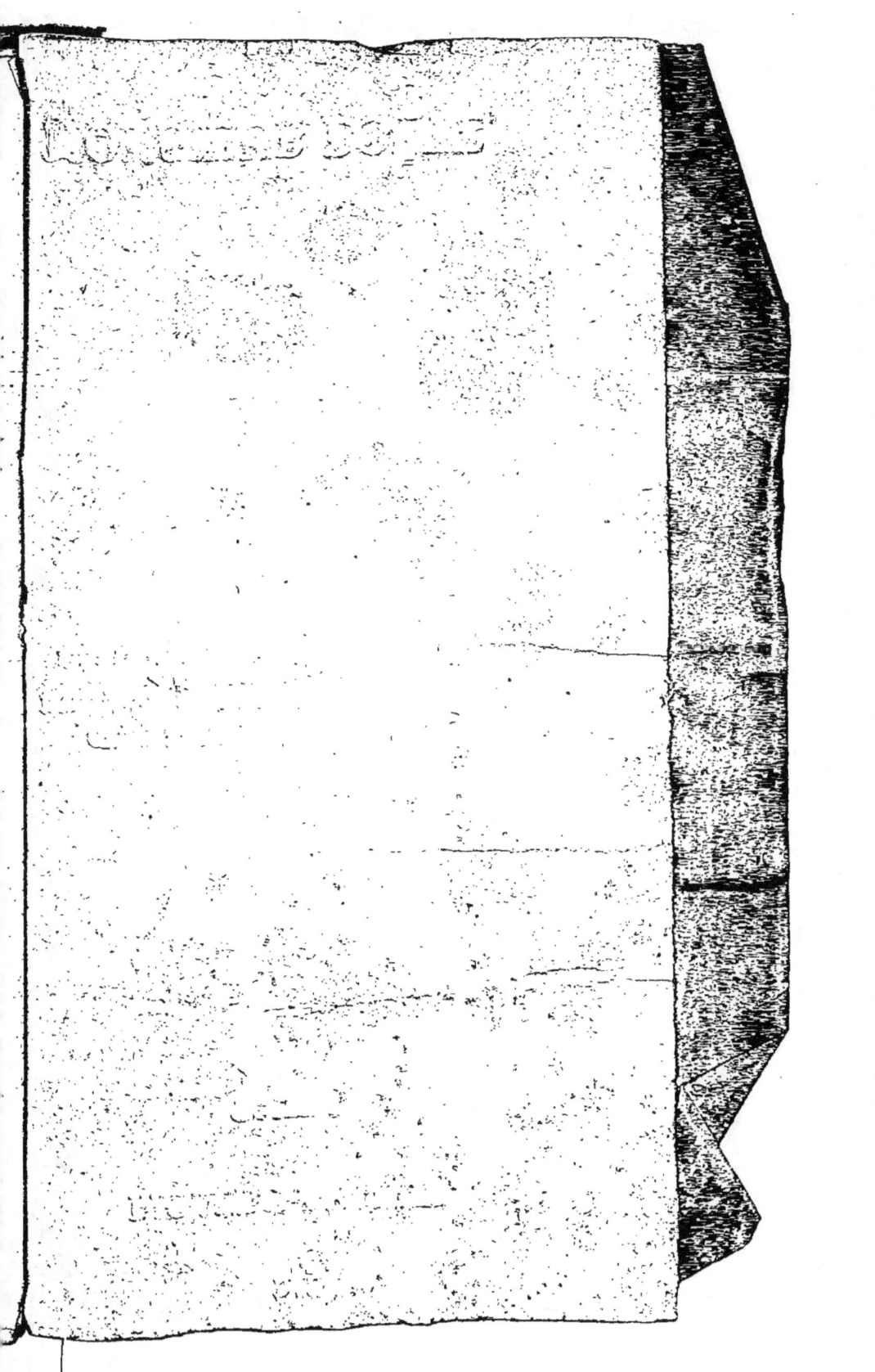

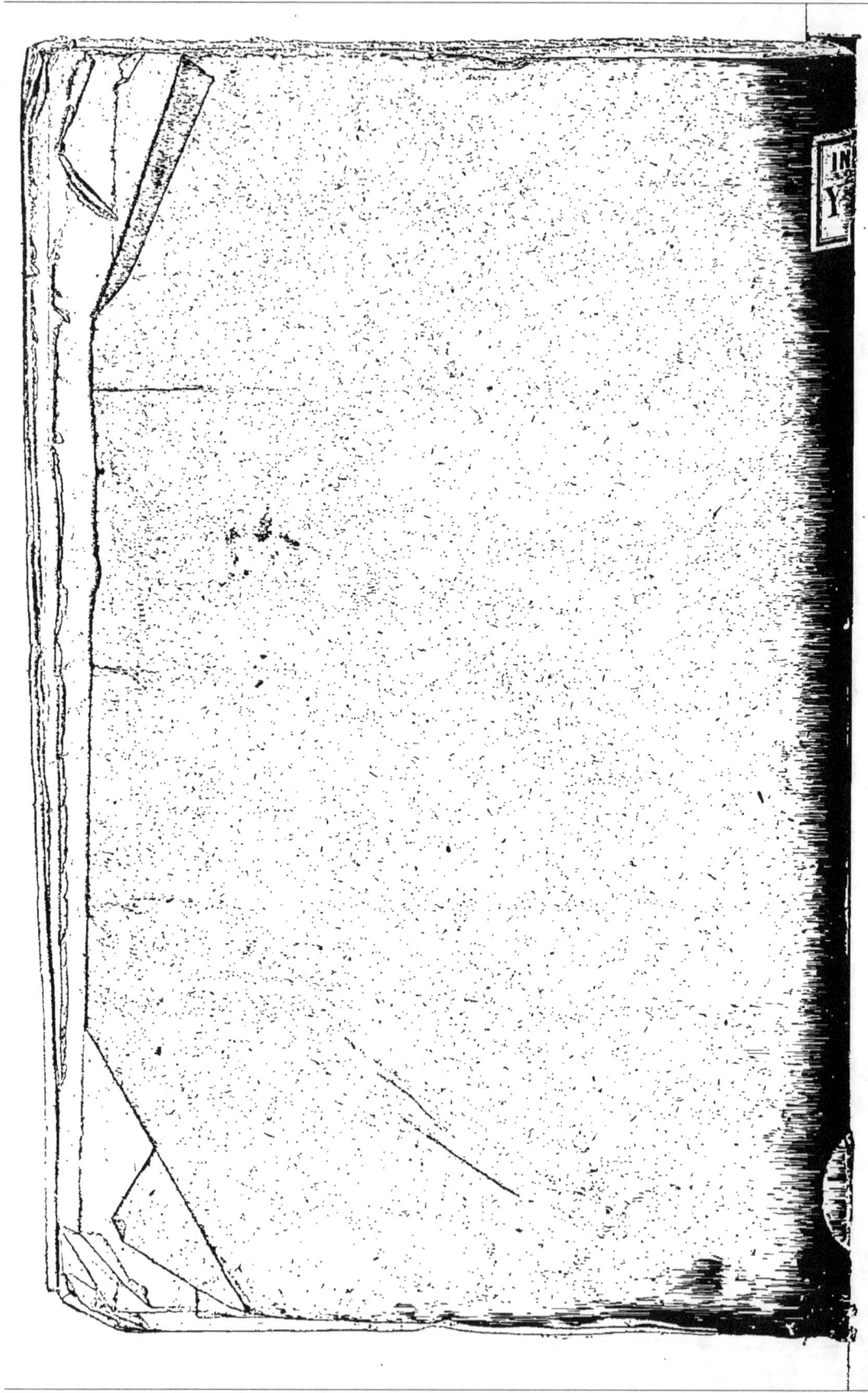

www.ingramcontent.com/pod-product-compliance
Lightning Source LLC
Chambersburg PA
CBHW070856030726
47504CB00005B/1357